曽根崎心中・裁きの結末

愛川　知徳

AikawaTomonori

風詠社

まえがき

大阪は水の都、そして芸能と演芸の都です。落語、漫才、文楽、歌舞伎、能、狂言、大衆演劇などを身近に見ることができます。

中でも落語は聞く人の想像力で情景や感情が限りなく広がります。

落語には大坂庶民の生活が描写されていることが多くあります。今はないものでもここはこう、そこはそうと丁寧に説明されており浪花情緒の息遣いを感じます。いつまでも残さなければならない掛け替えのない文化遺産です。

落語専用の天満天神繁昌亭が出来たことはたいへん嬉しく思いました。

六代桂文枝さんの努力の賜物です。

桂ざこばさんの私財投入による動楽亭も開場しました。楽しく見せていただきました。

落語のほか、文楽、歌舞伎、能、狂言、大衆演劇なども時々見せていただきます。

国立文楽劇場が開設されて三十年になります。

文楽は世界中が認める芸術です。国民の手で守らなければなりません。

人間国宝、竹本住大夫《すみたゆう》さんが引退をされました。六十八年間お疲れ様でした。有り難うございました。

大阪松竹座や新歌舞伎座の歌舞伎や芝居も頑張っています。

これらの大阪の演芸は三百年前の元禄時代に生まれ、脈々と流れる川のように継承されてきたのです。

元禄時代の大坂は経済、文化、芸術が町人の手で作り上げられた素晴らしい時代でした。この時代に米沢彦八、松尾芭蕉、近松門左衛門、竹本義太夫、辰末八郎兵衛、竹田出雲、坂田藤十郎らが芸術、演芸の基礎を築いてくれたのです。そして、それらを継承した者がいて、今日の大阪の演芸があるのです。

米沢彦八から続く落語界では大名跡の襲名がされております。襲名されるには何かとご苦労が多いと思いますが、ご本人やお弟子さん、一門のため、ファンのために頑張って下さい。

近松門左衛門、竹本義太夫、辰末八郎兵衛から続く文楽界。竹田出雲、坂田藤十郎から続く歌舞伎界。それぞれ代を重ね芸を継承して頑張っています。

長く辛い修行を乗り越えておられると思います。私たちファンはその芸を楽しみにしております。

泉下においても先駆者たちはいつまでも大阪の演芸を見守ってくれていると思います。

そんな思いを込めて現存する近松門左衛門、竹本義太夫、竹田出雲、坂田藤十郎の墓標にお参りを済ませました。

そんな元禄時代を想像して見てみたいと思います。

本書を発行するにあたりご指導頂きました風詠社さんに御礼申し上げます。

目次

装幀　２ＤＡＹ

第一章　軽口口上

元禄時代の大坂は経済、社会、芸術、文化が最も輝いていた時代でした。
豪商、町衆、職人たちは運河や橋を整え物流体制を整備していました。旦那、番頭、手代、丁稚、手伝いなど秩序ある商人社会や親方と弟子、町役、大家と店子といった町衆社会も出来上がっていました。
全国の生産物資が樽廻船、菱垣廻船によって大坂に運ばれてきて、中之島、堂島の蔵屋敷は船と物と人で溢れかえっていました。
堂島の会所を中心に銀本位制の貨幣経済を確立して米相場を行い、物の値段を決定していました。
神社仏閣が多くて信仰心も厚く、巡礼などが盛んに行われていました。
芸術文化においては
俳諧・・・松尾芭蕉
脚本・・・近松門左衛門
脚本・・・竹田出雲
浄瑠璃・・竹本義太夫
人形遣い・辰末八郎兵衛
歌舞伎・・坂田藤十郎

落語・・・米沢彦八
錚々たる顔ぶれです。偶然か歴史の意志か、同時代に出揃ったこれらの作家と演者と大衆が演芸を通じて認め合い一体化したことが、大坂の演芸を大きく花咲かせたと言えます。
特に軽口（落語）の米沢彦八が出たことは庶民文化形成に大きく貢献したと言えるでしょう。

米沢彦八と松尾芭蕉

松尾芭蕉は寛永二十一年、伊賀上野拓植郡に生まれ、元禄七年に大坂で弟子たちに看取られ亡くなりました。五十一才でした。

生涯多くの俳句集や紀行文を残しており、中でも元禄二年に東北、北陸、大垣を巡った紀行文、『奥の細道』が有名です。五ヶ月間六百里の旅でした。

芭蕉というのは、江戸深川の住居に姪の寿貞が水芭蕉の株を植えたところ、たくさん咲いたため、それを弟子たちが芭蕉庵と言い、そのまま名前になったそうです。

本名は松尾宗房と言い、藤堂家に武家奉公をしました。その奉公先が文芸を家風としており、そこで俳句を学びます。その後、本格的に京都の北村李吟に師事していたのです。

ご存じのように伊賀上野の柘植は忍者の里であり、芭蕉は服部一族とともに伊賀流忍術を学び、免許皆伝の頭領でもありました。

大坂上町、米沢彦八

落語の祖と言われる米沢彦八は元は低利の金貸しで、利吉と名乗っていました。真面目さが長屋の大家に気に入られ、その世話で後家になった才女のお滝を嫁にします。そのお滝の勧めで芸人になりました。

今では芸人（軽口口上、後の落語家）、作家として活躍しており、最近は俳句を勉強しております。

彦八が住まいする大坂上町の長屋辺りを紙屑屋の源兵衛が通ります。


「くずうー、かみくずーおはらいーくずうー、やってみい」

「へえ、えーくず、かみくずおしはらい」

「あかんあかん、おしはらいちゅうやつがあるかいな、くずうーおはらいや」

「源さん、精が出ますな。ちょっと寄っとくなはれ」

「あっ、彦八先生。御用でおますかいな」

「ちょっとお礼がしたいと思いましてな」

「えっ、礼と言われますと」

「この前、おまはんから聞いたらくだの卯の助の話を生玉神社の境内でやったら大受けやった。祝儀がたくさんありましてな。これはほんの気持です」

「これはまたようけ、おおきに有り難うございます。お前も礼を言え」

「へい、おおきに」

「源さん、お弟子さんかいな」

「らくだの兄弟分の熊五郎でおます。わしの弟分になって紙屑屋の修行中です」

「ああ、あの脳天の熊さんかいな。頑張って一人前の屑屋さんになってや。ところで源さんほかにおもしろい話ないかいな」

「そうでんな、南御堂の前の仁左衛門ゆう花屋に松尾芭蕉が来てるそうでっせ」

「それはええこと教えてくれた。ちょうど『奥の細道』を読んでたとこやねん」

「へえ、ほなこれで。先生の軽口口上、次の生玉はん楽しみにしてまっせ」

南御堂前、花屋仁左衛門宅

芭蕉は弟子の夢八と夢二の喧嘩の仲裁のため、大坂に来ております。

「夢八、夢二。おまはんらの喧嘩も困ったものじゃ。何が原因じゃ。言うてみなはれ」

「へえ。先生の有名な〝古池や蛙飛び込む水の音〟ちゅうのんがおますやろ。それを夢二が〝水たまり蛙飛び込み頭打ち〟こんなこと言いまんねんやで」

「そうかて先生は見たままを素直に表現するようにと教えてくれはったやろ。今度俳句会に出す作品を考えてたとき、夕立で水たまりが出来てそこへカエルが飛び込みよったんや。底が浅いから頭打ちよったんや。わいは見たままを詠んだんでっせ」

「あっはははっ、おもしろい。あっはははっ、よい出来ですぞ」

「みてみい　先生はよい出来や言うてくれてはるで」

「よかった。やっぱり先生は心が広いわ。わいは兄弟子としておまえが破門されへんか心配して怒ったんや。先生おおきに」

「かめへん、かめへん。わしも今まで硬く読みすぎた。最近は軽味を教えてます。今の句は慌てたらあかんことをよく教えてますぞ。おまはんらは大坂の笑いを入れた味わいのある俳句を作っておくれ。仲直りはしておくれや。弟子同士喧嘩したらあかんで。それから俳句会楽しみにしてます。わしも一句出しますでな」

上町長屋

彦八は奥の細道を読みながら・・「夏草や兵どもが夢の跡」平泉・・「閑かさや岩にしみ入る蝉の声」山形・・「荒海や佐渡に横たふ天の河」新潟・・か、上手やな、情景が目に浮かぶわ・・おや仙台で一句も詠んでないな・・と不思議に思います。

芭蕉が仙台に入った頃、仙台藩でお家騒動がありました。


「なあお滝、仙台藩のお家騒動は無難に解決したな」

「そうなん？　どんな騒動やったん」

「詳しいことは分からん。わいの推理やけどな、三代目藩主綱宗が急に隠居させられて二才の綱村が四代目になったとたんに、一門の伊達安芸と伊達式部で領地争いが起こるんや。けど藩主は幼いし隠居は口出しでけへんから収まりつかへんわな」

「そうやな、それでどうなるの」

「幕府は大名家にお庭番を入れて監視してるやろ、そのお庭番がお家騒動やゆうて報告するんや。幕府はよし取り潰せちゅうわけや。ところが首謀者の伊達安芸が何者かに殺されて、この事件が収まるんや」

「まあ凄い。始末人みたいやね」

「せや。ほんだらお庭番は拍子抜けやろ」

「ほんまや、拍子抜けやわ。ほんでもう終りやのん」

「ちゃうねん。このお庭番が偶然、始末人と出くわすんや」

「うわ凄い。お庭番と始末人の闘いやね」

「ところがそのお庭番と始末人は顔見知りやったらどうなる?」

「へえ〜、そんなことあんのん?　誰やのん、その始末人」

「さあ誰やろうな。この続きは生玉はんで乞うご期待や」

「わあ〜楽しみやわ」


彦八はお庭番が仙台藩取り潰しに失敗したのは、お庭番と始末人が知り合いで、そしてこの始末人が松尾芭蕉ではないかと推理します。

ではなぜ芭蕉は仙台藩を助けたか。いや待てよ、最初から助ける目的の旅だったのか。うむ〜ん直接会って確かめたいな。ちょうど芭蕉は大坂に来てるな。よし、南御堂の俳句会に応募しようと決めます。

俳句会

「夢八、俳句会に出す句、出来たんやけど見てくれるか」

「どれ、エー〝夏草やこせがれどもが踏み倒す〞ウー、おもろいがな」

「まだあるで」

「ほおーエー〝やかましい岩がひび割れ蝉の声〞うわははあっ」

「どやこれ出せるやろか」

「あほ。こんなん出したらそれこそ破門や・・けどおもろいな」


南御堂の奥座敷で芭蕉一門の俳句会が催されます。次の間には見物がおります。

芭蕉と上方の弟子が居並び、世話人の夢八が京都の句を詠みます。


「鴨川を下ればそこは伏見かな」・・あたりまえやないか。

奈良の方・・「大仏は猿沢池で水あびる」・・おもろいやないか。

紀州の方・・「熊野沖クジラ見上げる那智の滝」・・ほーええやんか。

明石の方・・「たこ焼きは明石のたこが一番や」・・ほんまやな。

では大坂夢二さんどうぞ（・・さあわいの番やいくで・・）。

「島流し佐渡に寝ころび天の川」

「わっははは、夢二おもしろい、おもしろいがな」

「では芭蕉先生講評と句をお願いいたします」

「皆、ええ出来ですぞ。その調子でこれからも頑張ってや。わしはええのが出来んかったので今回は無しです」
・・（旅に病み夢は枯野をかけめぐる）・・発表はやめとこう、皆が気にする。
一般の応募の優秀作品者は芭蕉の弟子になれます。彦八は作品を出しております。

「一般応募の当選者は米沢彦八さんです。・・句は〝来島の荒波染めて日が暮れる〟でございます。おめでとうございます」

「芭蕉先生、米沢彦八でおます。弟子にしてもろて有り難うございます」

「彦八さん、あなたの句がわしの心にとまりました。瀬戸内の美しい夕陽に染まる来島海峡の情景が目に浮かびました」

「おおきに、有り難うございます。先生の奥の細道を読ませていただいて感銘をうけております。ところで先生にお尋ねしたいことがおます。仙台で一句もお詠みになっておられません。どういうわけでおますかいな」

「なるほど、よく気付かれましたな。それには深い訳がありますのじゃ。あなたを信じてお話しましょう。わしは全国に三百人の弟子がおります。仙台藩三代藩主の綱宗公も弟子じゃ。俳句に因縁をつけられて隠居させられおった。隠居屋敷を訪ねたら、えらい喜んでくれよった・・が涙ながらに悔しいと言いおった」

「それはどういうことでおますかいな」

「綱宗公は藩主として資質が悪い訳ではなかったが、風流というか情緒的というか、俳句や和歌が好きで京都の公家と交流があって〝泰平の今は懐かし大坂城〟と送ったのが、幕府に豊臣を懐かしんでおるとの疑念で隠居させられたのじゃ。わしが仙台へ入り綱宗公を訪ねたときのことです」

仙台

「芭蕉先生、お久しぶりでございます。よく来ていただきました。有り難うございます」

「綱宗殿、おまはんから手紙もろうてここまで来たで。〝泰平の今は懐かし大坂城〟ええ句やないか。これが幕府に睨まれたんやな。弟子とその俳句を救うのもわしの仕事じゃ。詳しく訳を聞かして下されい」

「はい。この句を京都の俳句仲間の公家に送ったのですが、一族の伊達安芸が幕府に豊臣を懐かしんでおると通報したのです。藩祖政宗公は武辺一辺倒のお方です。戦場を経験させようと四才の私を大坂の陣に連れて行きました。私は武辺より文芸を好みます。そのとき見た大坂城の美しさは見事でした。徳川とか豊臣ではなく美しさを俳句にしたのです。先生に江戸参勤のおり見てもらうのを楽しみにしておりましたが、隠居の身では屋敷を出られせぬ。それでお手紙を差し上げました。先生、この仕打ち悔しゅうございます。この恨み晴らしていただきたいのです」

「そうか分かった。綱宗殿の恨み晴らしましょう。わしに任せておきなさい」

私は伊賀流忍術免許皆伝です。伊達安芸の屋敷に忍び入りお庭番との密談の現場を確認したのです。・・後ろ向きがお庭番か・・声に聞き覚えが・・伊賀者でなければよいが。

「伊達安芸殿、貴殿は領地を接する伊達式部に攻め入るのじゃ。藩主は二才の綱村公、後見役伊達兵部はこれを止めることができない。お家騒動として藩が取り潰しになるところ、私がご老中に伊達家は名門でござれば伊達安芸殿を藩主に二十万石安堵いただくよう進言仕る」

「分かり申した。私も政宗公の血筋二十万石の藩主なれば異存はござらぬ。軍備整え式部の領内に攻め入りましょう。後はくれぐれも良しなにお頼み申す」


これは・・大変な計略じゃ。弟子の綱宗は隠居の身、藩主は二才か・・あの伊達安芸始末せねば仙台六十万石が危ない。・・よし・・しかしあのお庭番もしかして・・。

次の夜、わしは伊達安芸の寝所へ入り安芸の寝首を掻きました。・・グサッ、グワァ、ドバーグタッ・・。

これでよしと帰り道。安芸の屋敷へ向かう服部三蔵と出くわしたのです。


「あっ、お前は服部三蔵。やはりお庭番はお前だったか」

「えっ、伊賀の頭領様ですか。このような所でなにをされておられるのですか。・・俳句の旅？　それでは松尾芭蕉とは頭領様のことでしたか」

「そうじゃ俳諧師じゃ。そして始末人でもある。仙台の前藩主はわしの弟子じゃ。三蔵、お前とは同郷の仲じゃ。頼む仙台藩を見逃してくれ。でなければお前を始末せねばならん。わしは今、伊達安芸の寝首を掻いてきた。ここでお前と刃を交えたくはない」

「ううむ～ん。頭領様には忍者の修行でご指南いただきました、そのお蔭で幕府お庭番に採用されました。ご恩ある頭領様には逆らえませぬ。この度は見逃しまする」

「三蔵、すまぬ」


「・・という訳や彦八さん。おまはんの推理どおり、わしは恨みを晴らす始末人です」

「そうでおましたんか。それで仙台へ行かはったんでんな。けど三蔵さん困りはったでっしゃろな」

「そのあと、三蔵から手紙が来ました」

江戸城老中の間

「三蔵、仙台藩の首尾はどうであった」

「それが、そのう、あのう、え～ごごろろじゅう様」

「どうしたのじゃ、はっきり申せ。これまで幾藩も潰したその方じゃ。抜かりはあるまい」

「ご老中様、どうかお許し下さい。今回不首尾でございます。我が方に手抜かりがございました。〝泰平の今は懐かし大坂城〟ではなく〝泰平の今はなくなり大坂城〟でございました。これをごり押しすれば幕府のご威光に傷が付きます。なにとぞ仙台藩はお構いなしとお願い奉ります」

「さようか、〝なくなり〟か。ならば致し方あるまい。お構いなしじゃ、大義であった。下ってよい」

「・・との内容であった。それから三蔵はお庭番を辞職して国に帰ると書いてありました」

「それで仙台藩は助かったんでんな。先生はえらいお方でんな。それから何事もなかったように旅を続け、素晴らしい句を詠まれました」

「彦八さん、あなたの推理は素晴らしい。ほとほと感心しました。ところで今日は何日ですかな」

「五月一日でおます」

「まもなく大坂も梅雨になりますな。あのときも梅雨でした・・〝五月雨をあつめてはやし最上川〟か・・、彦八さんわしは少し疲れた。生き急いだようじゃ」

彦八に話をした芭蕉は気抜けしたように寝込みます。そして安心したように五月十二日、弟子たちに看取られながら花屋仁左衛門宅で亡くなります。「安らかに先生」と弟子たちは御霊を近江の国、義仲寺に埋葬しました。

江戸

亡くなる枕元で、

「彦八さん・・」

「はい」

「・・これを江戸の寿貞に渡して下されイ・・」

〝旅に病み夢は枯野をかけめぐる〟とふろしき包み・・・

「はい、分かりました・・。先生〜・・、先生の真実は必ず噺にさせていただきます。ゆっくり休んどくなはれ・・」


と遺言を頼まれた彦八は夢八、夢二を連れまして、江戸深川芭蕉庵の寿貞を訪ねます。

「え〜こんにちは。芭蕉先生のお宅はこちらでおますかいな」

「はい、そうです」

「大坂の弟子の米沢彦八と申します。このたびはご愁傷さまです。寿貞はんに先生の遺言と遺品をお届けに参りました」

「それはそれは遠い所わざわざ、有り難うございます。いろいろお世話になりました」

「これからどないなされますか」

「はい。芭蕉庵を引き払って近江の国に行き、義仲寺で尼になろうと思います」

「夢八、寿貞はんて綺麗な人やな。先生、姪や姪やゆうてはったけど、ちゃうのんとちゃうか」

「あほ、いらんこといいな。今はもう姪でええやないか」

「今度先生の働きを噺に出しまっさかい、そのときは大坂へ来とくなはれや」

「はい、行かせていただきます」

生玉神社境内、軽口口上

残暑の生玉神社境内、蝉が勢いよく鳴いております、ミーン、ミンミン、ミンミン、ミンミン、ミーン、ミンミン、ミンミン、ミンミン。

「長屋の皆さあ〜ん、生玉さんへ行きまっせ。大家さん、とくさん、しんさん、ゆうさん、皆頼んまっせ。乞うご期待でっせ」

「ほお〜、お滝さんもやるのお」


彦八は今日も元気に生玉神社境内で軽口口上をいたします。

見物には紙屑屋の源兵衛、熊五郎、夢八、夢二、お滝、大家、長家の衆、寿貞がおります。三蔵も来ております。演目は仙台藩お家騒動です。


仙台藩主綱宗公、涙を流して悔しがる。

「このままでは政宗公以来の仙台藩が取り潰される。ああ情けない・・」

仙台伊達六十万石危うしと思われたとき、

「心配するな綱宗公」

と松尾芭蕉が突然現れる。

「先生ィ」

「わしに任せなさい」

「おのれ伊達安芸め」

と一刀のもと切り捨てます。

「ええーい」

ビシー、ウワアー。

客（さくら）の一人が、

「おーい彦八ィ〜、切り捨てたんは松尾芭蕉と違うで原田甲斐やで、彦八ともあろう者が言い間違うたんか〜」

「あいや、お客さん。いろいろ事情があって、今日のところは松尾芭蕉ということにしておりおります。ご容赦願いたい」

「そうか〜事情があんねんやったらかめへんけどな〜あとできちんと始末つけてや〜」

「はいそれは、始末人がつけさせていただきます」

　女房のお滝が太鼓をドーン、ドーンと鳴らすのが落ちが着いたという合図です。この頃はまだ小屋掛けではなく立ち見であり、料金は五文、十文と投げ入れるのでありります。これ以降、米沢彦八の軽口口上は生玉神社や座間神社の境内で人気を博していくのであります。

第二章　曽根崎心中

しばらく経った元禄十五年十二月十一日の夜に、大坂曽根崎の森で心中事件があった。大坂天満に住んでおりました近松門左衛門は、これを聞き事件現場へと行きます。寒い、風が身に沁みる。黒山の人盛りである。西町奉行所の役人が現場検証を行っていた。

「寄るな、寄るな、寄ってはならぬ」

見ると、商人風の男と遊女らしき女が抱き合って死んでいた。むしろが掛けてある。この時代、事件の詳しい事情は分かりにくい。人の口コミや瓦版がたよりである。近松は劇作家であった。竹本座の竹本義太夫や、坂田藤十郎などの実力役者から芝居の脚本を依頼されている。何か芝居の材料になる話題がないかなと思っていた矢先にこの事件である。

近松は、死んだ二人の似顔絵や身なり、辺りの情景を克明にメモした。身寄りの者らしき人が、役人に身柄の引き取りの交渉をしているようである。

「その方、名はなんと申す」

「はい。船場伏見町で酒、味噌、塩、醤油の商いをしております池田屋久兵衛と申します」

「この者は、その方の身寄りの者か」

「いえ。雇い入れる予定だった者でございます」

「名はなんと申す」

「はい。徳兵衛と申します」

「なるほど。して女の方も存じておるのか」

「はい。蜆川新地の遊女で初と申します」

「その方、事情に詳しいようだな。報告書を書かねばならぬので仔細を聞かせてくれるか。場合によっては遺骸はその方にまかせる。よいか」

「はい。よろしゅうございます」
・・と一両を袖の下に入れる。
久兵衛は詳細を役人に語り、遺骸の引き取りを許された。

「久太郎（息子）、常吉（丁稚）、車を用意なされ。遺骸を谷町の法妙寺さんに運ぶのじゃ」

「はい、お父っつぁん。ええか常吉」

「へい、若旦那」

二人は大八車に遺骸を積んで法妙寺に運んだ。ガラガラ、ガラガラ。近松は後をつけた。久兵衛は寺に十両渡して、弔いと供養をしてお墓を建てる段取りをした。近松は、ご奇特な人やな、他人やのにな。事情を訊きたいなと思った。

三人は船場の店に帰って行った。

「可哀そうになぁ、あの二人」

「そうでんな、お父っつぁん。徳兵衛さん、ええ人でおましたな」

「ホンマに可哀そうでんな。わてにも親切にしてくれはりましたで」

近松は池田屋の前に来た。

「こんにちは」

「へい、おいでやす」

「丁稚さん、近松門左衛門と言います。主さんにお会いしたいのじゃが」

「旦さんだすか。暫くお待ちください」

「親旦那さん、お客さんでおます」

「そうですか、名は言いなはったかいな」

「へい、近松門左衛門さんです」

「近松門左衛門、すぐに参りますと客間に通しておくれ」

「へい」


近松は客間で待つ。建付けが良い。南天の床柱か。床の間に不思議な絵が掛かっている。平安時代の物のようである。中央に御殿があり後ろが山、頂上付近に雲が掛かっていて上に仏様が描いてある。下は川が流れている。渡し舟が往復している手前の岸には大勢の人が待っている。右隅に細い道が付いていて人が歩いているように描かれている。字は薄くなっているが『天神戻り絵』と読める。


「お待たせしました。主の久兵衛です」

「初めまして、近松門左衛門と言います」

「あのう、もしかして作家の近松先生ですか」

「そうです。突然寄せてもろて恐れ入ります」

「いえ、とんでもございません。うちの店の者は芝居好きで月に一度は芝居か浄瑠璃に行かせてもろてます。先生の名声は十分に聞いて分かっております。して今日はどのようなご用件でおますかいな」

「はい。実は、今日の一部始終を見ておりました。なかなか他人にできることではございません。是非とも事情をお聞きかせ願いたいと思い、お伺いしました」

「そうですか、見ておられましたか・・、近松先生なればお話しいたしましょう」

近松は筆と紙を懐から出した。久兵衛は話し出した。


……………………………………………………


心中した男の方は内本町の醤油問屋、平野屋の手代で徳兵衛と言います。女の方は蜆川新地の天満屋の遊女、初と言う者です。二人は恋仲で夫婦の約束をしておりました。

私の店は醤油を平野屋から仕入れております。その配達を十年来徳兵衛がしておりました。うちの店の者にも親切にして女中や丁稚の手伝いをようしてくれました。

徳兵衛は十三才から平野屋に奉公して十二年、二十五才でおました。平野屋の主は徳兵衛の実の叔父でしたが、この夫婦には子供がおりません。そこで叔父は女房の姪を徳兵衛に添わせて店を継がせるつもりでした。

叔父は猪飼野村の徳兵衛の母にその話をして了解をもらい、結納金を渡したのです。

叔父は徳兵衛に
「これこれこういう訳で嫁をもらいこの店を継いでおくれ、お母はんにも了解はもろてある」

と話したら、徳兵衛は
「叔父さんすんまへん。それだけは堪忍しとくなはれ」

「なんでや、悪い話やないやろ」

「へえ、悪い話ではおまへん。身に余るお話でおます」

「ほな、なんで断わるんや。訳ゆわなわからへんがな。訳をゆうてみなはれ」

と迫ったのです。

徳兵衛は
「叔父さん、実は私には夫婦約束をした好いた女子がおります。どうか今度の話はなかったものとしとくなはれ。お願いいたします」

と言うと、

「なにっ、好いた女子となＯ。何処の誰じゃ、言いなはれ。おまはんは十三才からここにおります我が子同然の甥じゃ」

と問われ、徳兵衛は迷った末に、お初のことを言ったのです。

叔父は
「なんということや。これまで育てたのにこの恩知らずめ」

と怒ったのです。

「ああ、それやったらもうええ。お前のお母はんに渡した結納金を七日の内に返してくれ。そしてこの店から出て行ってくれ」

という訳です。

徳兵衛は店を出て猪飼野村の実家に帰ります。母親は
「お前に苦労を掛けた。辛いの一言も言わずによう奉公してくれた。お前に良い話と思いお金を受け取ったが、事情がちごうたようやな」

と返してくれました。

徳兵衛はお金を持って店に戻る途中に友達の九平次と遇ったのです。

九平次は
「良い所で遇うた。すまんが金を貸して欲しい。三日の内に返す。証文も書くので頼む」

と言います。

徳兵衛は大事なお金ではあるが叔父に返すまでまだ間があるので、友達の難儀のためにお金を貸します。

徳兵衛は実家に帰り、三日目に九平次の家に行きますが留守でした。その足で天満屋のお初に会いに行きます。これまでの事情を話しておこうとしたのです。

天満屋に行きますと、なんとそこに九平次が来ておりました。徳兵衛がお金の返済を迫りますと九平次は
「金など借りた憶えはない、証文は偽物だ」

と大きな声で大勢いる前で言うのです。

徳兵衛は大恥を斯かされます。

お初は事情を知り
「徳さん、私のためにおおきに。お金は私の年季が明けたら二人で返しましょう」

と慰めます。

徳兵衛は私のところに来ました。

「旦那様、お金を貸していただきとうございます」

「徳兵衛さん、こなたは親切で真面目なお方じゃ。貸さんでもないが事情を聞かせて下

されィ」

「はい、これこれ、こういう事情でございます。わてにはもう旦那様のほか、頼る所がおません。お願いいたします」

「分かりました、お貸ししましょう。・・が私も商人《あきんど》です。貸すには貸しますがどうして返しなさる。お店の方にはもう帰れんのじゃろう」

「お初と二人で働いて少しずつ返していきたいと思います」

「お初さんとはどのような馴れ初めであったのじゃな」

「はい。一年ほど前に内本町に商売人の寄合がありました。私は主の代わりに出席しました。その流れで蜆川新地の遊郭天満屋に行ったのです。そこでお初と知り合いました」

「なるほど、それだけでは夫婦の約束はできまいがな」

「はい、私はお初に一目惚れしたのです。天満屋の近くに配達があります。給金を貯めては短い時間、お初と会うたのです。回を重ねていく内に離れたくないと夫婦約束をしたのです」

「うむ、なるほど、お初さんのどのようなことで奉公されていますのじゃな」

「はい、お初は丹波篠山のお百姓の娘です。親のためと三十両で三年の奉公でございます」

「そうですか、それでいつ年季が明けますのじゃな」

「はい、あと一年です」

「うむ、そうですか。言いにくいことをよく言うて下された。正直なお方じゃ。お初さんもそこに惚れなされたんじゃな。ではこうしてはどうですか、徳兵衛さん。この店で住み込みで一年間給金無しで働きますのじゃ。どうじゃな」

「だっ、旦那様っ。そこまで・・そうさせて下さい」

「はい、ではそうしましょう。わはっはっはっ、元気を出しなされ。わはっはっはっ」

「旦那様、有り難うございます」


久兵衛は一服して茶を一口飲む、近松は口を挟まずに筆を走らせた。

「そうと決まれば早い方がええ。徳兵衛さん、おまはんはお初さんの所に行ってこの話をして来なされ。きっと心配しているじゃろう。ゆっくりしてきなされや。お店は明日から来ておくれ」
・・と徳兵衛を天満屋にやりまして、私は内本町の平野屋に行きました。

「こんにちは」

「あっ、これはこれは、池田屋の旦さん。わざわざのお越し有り難うございます。いつもご贔屓有り難うおます。今日はどないぞされましたですか」

「平野屋さん、今日は商売の話ではないのです。あなたに折り入って頼みたいことがおますのじゃ」

「へえ、どんなことでおますかいな・・」

「実はな徳兵衛さんのことじゃが、・・・と言うわけじゃ。なんとかこの池田屋に免じて聞いてはもらえまへんか」

「そうでした、わても徳兵衛は可愛い甥でおます。店を追い出しましたが、心配しておりました・・もう旦さんにお任せします」
・・と平野屋にお金を返し、徳兵衛を一年間預かって、お初との仲を認めると約束をさせたのです。徳兵衛の働きぶりは十二年間見てきております。ホンマに働きもんです。女中や丁稚の手伝いも親切にしてくれました。雇うても、まず間違いないと思いました。そして次の日です。待てど暮らせど徳兵衛は来ませんのじゃ。
それが今日のことでおます。
・・

久兵衛は近松に概要を話し終えた。近松は書き終えた。

「そうでしたか。これで今日のことは得心できました。有り難うございます。良いお話を聞かせてもらいました。しかし池田屋さん、どうして徳兵衛さんとお初さんは心中したのでしょうか」

「それが分かりませんのです。昨日、あれほど喜んでいたのに不思議なことです」

「・・そうですね、不思議なことです。・・さてと今日は突然に来ましたのにおおきに、有り難うございました」

「何のお構いもできませんで」

「あのう、もう一つお聞きしたいのですが」

「はい」

「あの掛け軸の絵は、どのような絵でおますかいな」

「あれですか。あれは『天神戻り絵』と申しまして菅原道真があの世から戻ってきた絵でございます。道真が生き返り、大坂に戻り曽根崎の露天神社に滞在していた時に、自分で描いて奉納した絵と伝わっていた物です。えらい気に入りましてな、無理を言って百両で譲り受けたのです」

「『天神戻り絵』ですか、そんな言い伝えがあったのですか。・・ではこれで失礼いたします」

「先生、また芝居、見に行かせてもらいます」

近松は礼を言って池田屋を出た。二人はなんで心中したんやろと思った・・。


二日後に瓦版で殺人事件が報道された。死亡者は九平次で現場は京町堀の長屋であった。近松は瓦版を頼りに歩いた。途中横堀で蜆を買った。筋道橋を渡り京町堀の長屋に来た。

住人が役人の聞き込みを受けていた。長屋の壁は薄い。両隣の者が昨日若い男が九平次を訪ねて来て言い争っていたと証言した。長屋に容疑者はいないと役人は引き上げた。

近松は若い男を徳兵衛ではないかと考えた。しかし徳兵衛は殺人をするような男ではない。なにか訳があるな。役人が引き揚げた後、長屋の女房連中がたき火を囲んでワイワイ言っていた。

「よう死人の出る長屋やな。一昨日《おととい》も喜イさんとお松さんが鯖に当たって死んだし、昨日は九平次やろ、ほんまにどないなってんねんやろな」

近松は蜆をさげて、たき火に近づいた。

「あのう、すみません。九平次さんのお宅はどちらですかいな」

「えっ、あんたも九平次さんのことでっかいな」

「これ皆さんでどうぞ」

近松が蜆を渡すと、女房たちの態度が変わった。

「九平次さんはな昨日殺されたんやで、あんたも借金取りか」

「えっ、殺された？　犯人は」

「それが分かれへんのや。昨日、わてな壁に耳当てて聞いてたんや。男の人がな「金はもうお前にやる。一言謝れ」「何で借りてもせんもん謝らなあかんねん」「謝れ」「いやや。帰れ、どつくぞ」「なにすんねん。危ないやないか」ガッッウーン。ウウーン。みたいな感じやったで。役人にはゆわんかったけどな。蜆おおきに。みんな、今夜は長屋で蜆汁やで。古い鯖を食べたらあかんで」

「ホンマや、あっはははっ」

近松はおおよその様子が分かった。徳兵衛は池田屋でお金を借りることができた。お初の年季が一年で明ける。一年間池田屋で一姓懸命に働けば、借金も返しお初と夫婦になれる。こんな有り難いことはない。しかし九平次をこのまま許せない。金の返済はかめへん。でも謝ってもらおうと天満屋に行く前に九平次の長屋に行った。そこで言い争いになり、過って九平次を殺してしまった。

徳兵衛は逃げるように天満屋に行き、お初に経緯を話した。人を殺してはもう池田屋さんで働くわけにはいかない。お店に迷惑が掛かる。もう自分は死ぬ以外に道はない。

「お初、すまん」

「徳さん、そんなら私も一緒に死にます。あの世で夫婦になりましょう」

と夜更けを待って、小雪の中を曽根崎の森へ行って心中したに間違いあるまい。

近松は京町堀から伏見町に向かって歩いた（おお寒い）。

「こんにちは」

「はい、おいでやす。あっ近松先生。ささ、どうぞ」

客間に通される。火鉢とお茶が温かい。掛け軸の絵『天神戻り絵』を見て待っていた。


「先生、お待たせしました」

「池田屋さん、早速ですが、徳兵衛さんの心中の原因が分かりました」

「左様でおますか。それはわざわざ有り難うございます。それでどういう訳でおますか」

「実は・・これこれ・・こういうことかと思います」

「なるほど、それで納得がいきました。そうでしたか」

「それで池田屋さんお願いがおます」

「なんでおますか」

「今度の件を人形浄瑠璃にしたいと思うてます。どうか私に書かせていただきたいのです」

「そうですか。それなれば是非、徳兵衛が浮かばれますように書いて下さい」

「はい、お任せ下さい」

と池田屋を出た。
近松門左衛門について時代背景を整理をしておこう。

年号	天皇	将軍	近松門左衛門の作品・出来事
承応二年（一六五三年）			近松門左衛門生まれる
延宝八年（一六八〇年）	霊元天皇	綱吉	
天和二年（一六八二年）			江戸大火・八百屋お七
貞享元年（一六八四年）			大坂道頓堀・竹本座開場
貞享二年（一六八五年）			近松門左衛門・出世景情
貞享四年（一六八七年）	東山天皇		
元禄二年（一六八九年）			松尾芭蕉・奥の細道
元禄七年（一六九四年）			松尾芭蕉没す・五一才
元禄十五年（一七〇二年）			赤穂浪士吉良邸討ち入り
元禄十六年（一七〇三年）			近松門左衛門・曽根崎心中

宝永三年（一七〇六年）　　　　　　近松門左衛門・碁盤太平記
宝永六年（一七〇九年）中御門天皇　家宣　坂田藤十郎没す・六三才
正徳元年（一七一一年）　　　　　　近松門左衛門・冥途の飛脚
正徳三年（一七一三年）　　　　家継
正徳四年（一七一四年）　　　　　　竹本義太夫没す・六四才
正徳五年（一七一五年）　　　　　　近松門左衛門・国性爺合戦
享保五年（一七二〇年）　　　　　　近松門左衛門・心中天の網島
享保九年（一七二四年）　　　　　　近松門左衛門没す・七二才

大坂の名物は橋に船、お城、芝居と米相場と言われるほど、芝居と人形浄瑠璃が盛んでありました。道頓堀に竹本義太夫が竹本座を立ち上げており、歌舞伎と人形芝居で賑わっておりました。

竹本義太夫は慶安四年の摂津の国東成郡天王寺村に生まれた。唄が好きで毎日野良仕事をしながら歌っていた。大人になって独特の節回しを完成させた。義太夫節である。そしてついに竹本座を立ち上げるに至ったのである。竹本義太夫は朝廷に召され帝の御前にて義太夫節を謳い上げた。たいへん名誉なことであった。

米沢彦八は大道芸や軽口の演芸を落語として確立すべく、更に活躍していた。

米沢彦八と近松門左衛門

近松門左衛門は承応二年（一六五三年）に越前の国で武家の医者の子として生まれる。父の都合で京都に転居した。

ある時、宇治座で芝居を見て〝これはおもしろい〟と芝居小屋に通った。浄瑠璃の語り宇治加賀椽の弟子になって修行した。兼好法師の『徒然草』、清少納言の『枕草子』、鴨長明の『方丈記』などを読み勉強した。


芝居はやはり大坂が盛んである。

近松は大坂に転居した。道頓堀で竹本座を立ち上げた竹本義太夫と意気投合して竹本座付きの劇作家になったのである。三十二才の時に平景清を題材に浄瑠璃の脚本を書いた。『出世景清』である。これが竹本義太夫の語りと辰末八郎兵衛の人形で大当たりをとったのであった。それは坂田藤十郎により歌舞伎でも上演された。これも大当たりをとった。源平の頃、戦に負けた平景清が落ち武者となり、平家を再興しようと戦うが益々源氏の世になっていく。もうこれ以上源氏の世を見たくないと自らの目をくり抜き、清水寺に奉納してしまう物語である。

近松は自宅の炬燵に入り構想を練り始めた。元禄十五年十二月十四日の夜であった。

大坂天満で近松が『曽根崎心中』を書き出した頃、江戸で赤穂浪士の吉良邸討ち入りがあった。江戸市中は大騒ぎであった。数日後には大坂でも大きく報道された。江戸の人は見た現象に感動した。大坂の人は聞いた話に感動した。その分、想像力が広がった。竹田出雲らは芝居にしたいと思った。これがのちに『仮名手本忠臣蔵』として上演されるのであるが、これより先に近松は『碁盤太平記』として赤穂事件を書いている。竹田出雲は近松の弟子ではないが、時々出向いて来ては指導を受けていた。

近松は『曽根崎心中』の執筆に集中している。来春に上演をさせようと思っていた。

これまでは時代物を手掛けてきた。のちに世話物と呼ばれる人情物語の最初である、実際に起こった心中事件を題材にするのである。神仏のご加護を必要とすると考えた。大坂三十三ヵ所観音巡りを物語の冒頭に持ってきた。

近松は一心に書き始めた。

曽根崎心中　　竹本座　　近松門左衛門

「げにや安楽世界より、今此の娑婆に示現して、我らが為の観世音仰ぐも高し高き屋に、登りて民の賑はひを、契り置きてし難波津や・・」

と観世音菩薩の有り難さとここは難波であると大坂を紹介する。

季節は夏。日差しが暑い中を西国霊場三十三ヵ所に匹敵する大坂三十三所観音巡りをする美しい娘。

「十八九なるかほよ花、今咲き出しの、はつ花に笠は着ずとも、召さずとも照る日も神も男神・・」

とお初を登場させた。

大坂三十三所観音巡り

「一番に天満の大融寺」と書き出す。

第一番・・・太融寺・・・・・・・大坂巡礼胸に木札の、ふだ落や

第二番・・・長福寺・・・・・・・大江の岸に打つ波に、白む夜明けの、鳥も
第三番・・・神明宮・・・・・・・心もさどや神仏、照らす鏡の神明宮
第四番・・・法住寺・・・・・・・拝みめぐりて法住寺
第五番・・・法界寺・・・・・・・あだの悋気の法界寺
第六番・・・大鏡寺・・・・・・・東はいかに大鏡寺
第七番・・・超泉寺・・・・・・・紋に揚羽の超泉寺
第八番・・・善導寺・・・・・・・さて善導寺
第九番・・・栗東寺・・・・・・・栗東寺
第十番・・・生玉稲荷神社・・・・暑き日に、つらぬく汗の玉造稲荷
第十一番・・興徳寺・・・・・・・衆生のための親なれば是ぞをばせの興徳寺
第十二番・・慶傳寺・・・・・・・さてげによい慶傳寺
第十三番・・遍明寺・・・・・・・またいつか、ここにかう津の遍明院
第十四番・・長安寺・・・・・・・菩提の種やうへ寺町の長安寺
第十五番・・誓安寺・・・・・・・より誓安寺
第十六番・・藤棚・・・・・・・・緩み市帯を引き締め、締めてまつはれ藤の棚
第十七番・・重願寺・・・・・・・十七番に重願寺

第十八番・・木誓寺・・・・・・これからいくつ生玉の木誓寺ぞと伏し拝む
第十九番・・菩提寺・・・・・数珠につながん菩提寺や
第二十番・・四天王寺・六時堂・はや天王時に六時堂
第二十二番・四天王寺・経堂・・余巻の経堂によむとりの時ぞとて
第二十三番・四天王寺・金堂・・思はでつらき鐘の声、こん、金堂
第二十四番・四天王寺・講堂・・講堂や
第二十三番・四天王寺・萬灯院・萬灯院にともす灯は
第二十五番・清水寺・・・・・影も輝く蝋燭のしん清水にしばしとて
第二十六番・心光寺・・・・・時雨の松のした寺町に信心深き心光寺
第二十七番・大覚寺・・・・・悟らぬ身さえ大覚寺
第二十八番・金台寺・・・・・さて金台寺
第二十九番・大蓮寺・・・・・大蓮寺、めぐりめぐりてこれ是はや
第三十番・・三津寺・・・・・三津寺の大慈大悲を頼みにて
第三十一番・大福院・・・・・かかる仏の御手の糸
第三十二番・難波神社・・・・・ここも稲荷の神社
第三十三番・御霊神社・・・・・甍並べし新御霊に、拝み納まる

「三十三に御身を変え色で導き、情けで教へ恋を菩提の橋と無し、渡して救ふ
観世音誓ひは妙にありがたし」。

生玉神社の場

「立ち迷ふ、浮名をよそに、もらさじと、包む心の内本町、焦がるる胸の平野屋に春を重ねし雛男・・・生醤油の袖したたるき恋の奴に荷はせて。得意をめぐり生玉の社にこそ着きにけれ」
・・・・と徳兵衛が登場する。
お初は客と大坂三十三所観音巡りをしている。十八番の生玉、本誓寺で徳兵衛と出くわす。

「ありや徳様ではないかいの、これ徳様、徳様」

と呼びかける。気付いた徳兵衛は
「これ長蔵、俺はあとから往の程に・・・・」

と丁稚を先に帰す。

「長く会えないで悲しい、病気になりそうじゃ」

とお初は訴える。

「それは道理じゃすまん、しかしそれには訳がある」

「私に話してくださいな」

「はあて泣きやんな恨みやるな。隠すではないけれども言うても埒のあかぬこと。さりながら大方まず済みよったが一部始終を聞いてたも・・」

と事情を話す。

「店の親方は実の叔父。女将さんの姪を嫁にしろ、二貫目の銭は俺の継母に渡して話はつけた」と親方に言われ、「俺にはお初がいる、何の心が移ろうぞ、死んだ親父が生き返ってもこの話はいやでござる」と返答した。

親方は立腹せられ「かかの姪を嫌うよな。それなら金の勘定を七日の内にして大坂から出て行け」と言う。

「在所の継母は一旦握った金は死んでも離さんお方じゃ。それを説き伏せてなんとか金は返してもろうた」

「さつさていかいご苦労。皆わしゆえと存ずれば嬉し悲しう忝し・・・・とても渡す金なれば早う戻して親方様の機嫌をも取らんせ」

「おお、そう思うて気がせくが、・・それが先月の晦日の日そなたも知っている油屋の九平次がどうしても金が要る三日の朝に返すから貸してくれと言う友達のためなればと証文取って金を貸したのじゃ」

と話している時に九平次を先頭に五人連れの悪友が鼻歌を歌い現れる。

それを見た徳兵衛は、

「おい九平次、貸した金を返してもらおう埒開けよう」

と言う。九平次はかつらかつらと笑い、

「気が違うたか徳兵衛。われと数年語れども一銭借った覚えもなし・・」

「いふないふな九平次。身がこの度大難儀どうにもならぬ金成れども晦日たった一日で身代立たぬと嘆いたゆえ、日頃語るはここらと思ひ男づくで貸したぞよ。手形もいらぬというたれば念のためじゃ判をせうと、身共に証文書かせ、おぬしが押したる判が有る。さういふな九平次」

と責める。それを聞いた九平次は、

「俺の判とはどれ。確かに俺の判だが先月二十五日に落としたもの、二十五日に落としたものが二十八日に判をつけるか。もう新しい判をこさえた。役所にも届けた。その判はお前が拾うて勝手に証文を書いて押した偽物じゃ」

と大勢の前で罵る。

徳兵衛は「なに騙したな、金返せ」と掴みかかる。「やるかこの丁稚上がりめ」と喧嘩になる。

お初は勤めの身であるお客に怪我があってはならぬと駕籠に押し込めて、徳兵衛のことを心配しつつもその場を離れる。

九平次は五人連れ、徳兵衛は一人、殴る蹴るを受けて地に伏せて大地を叩き悔しがる。

「かういうても無益なこと、この徳兵衛が正直の心の底の涼しさは三日を過ごさず大坂中へ申し訳はしてみせう」


恋風の、身にしじみ川、流れてはそのうつせ貝うつつなき。


お初は家に帰っても今日のことが気に掛かる。食事もできずに泣いている。朋輩は心配して話しかける。

「なう初様、・・徳様はたんとぶたれさんしたと・・」

「・・踏まれて死なんしたげな」

「あゝもういうて下んすな、・・いっそ死んでのけたい」

表を見れば夜の編笠徳兵衛。

「・・あれじゃ何も話されぬ、わしがするやうにならんせ」

と打掛け袖に隠し入れ・・縁の下屋にそつと入れ、上り口に腰うちかけ、煙草引き寄せ吸ひつけてそしらぬ顔していたりけり。

そこへ九平次が悪仲間三人と現れる。九平次は徳兵衛が自分が落とした判を使い二貫目の銭を騙し取ろうとしたことを高らかに言う。それを縁の下で徳兵衛が聞き体を震わせて怒る。それをお初は足で止める。そして徳兵衛の首を斬るように足先を横に動かす・・死ぬ覚悟を伝える・・。

九平次は散々悪態をつく、あげくは店の対応も悪いと帰ってしまう。店の亭主夫婦は
「今宵ははや灯もしまえ・・初も二階へ上がって寝や。早よう寝や」

と言う。お初は
「そんなら旦那様内儀様、もうお目にかかりますまい。さらばでござんす。内衆もさらばさらば」

とよそながら。夢もみじか夜の八つになるのは、程もなし。

お初は下にいる徳兵衛が気になる時刻を見計らってそっと梯子を下りる。暗いので踏み外す。ドーン。亭主が起きて「なんや今の音は」と言うと、下女は慌てて起き上がり

火打ち石を叩く、カチッ、カチッ、これ幸いその音に合わせて二人は手を取り合い門口へ行き賭金をはずす。外へ出て顔を見合わせ、「あゝ嬉し」・・あとに火打ちの石の火の命の、末こそ短けれ。

曽根崎心中、徳兵衛、お初、道行

この世のなごり、夜もなごり、死にに行く身をたとふれば、あだしが原の道の霜、一足ずつに消えてゆく。夢の夢こそ哀れなれ。あれ数ふれば暁の、七つの時が六つ鳴りて、残る一つが今生の、鐘の響きの聞きおさめ、寂滅為楽と響くなり。

徳兵衛は
「いつまでも、我とそなたは女夫星、かならず添ふ」

とすがり寄り。

「明けなばうしや天神の森で死なん」

と手を引きて梅田、堤の小夜烏。

「明日は我が身を餌食ぞや、誠に今年はこな様も二十五才の厄の年、わしも十九の厄年とて、思ひ合うたる厄祟り縁の深さのしるしかや、神や仏にかけおきし現世の願を今こここで、未来の回向しのちの世もなほしも一つ蓮ぞや」

と・・曽根崎の森にぞたどり着きにける。

曽根崎の森に人魂が飛ぶ。ああ、もう俺たちは死んだのか。今は最期を急ぐ身の魂のありかを一つに住まん。道を迷ふな違ふなと、抱き合い泣きいたる二人の心ぞ。

「さあここに極めん」

「いさぎよう死ぬまいか・・」

「いかにも」

「・・・・いつまで言うても詮もなし、早く・・・・」

「心得たり」

と脇差するりと抜き放し
「さあ只今ぞ南無阿弥陀ただだだだだあー」

「我とても遅れうか息は一度に引き取らん」

と苦しむ息も暁の知死期につれて絶え果てたり。・・・疑ひなき恋の手本となりにけり。

近松は十二月晦日の内に書き上げた。これで来春の上演に間に合う。

内容については夏にした。この寒い冬の夜に死んだ二人がさぞ道行は寒かったであろうと夏にした。徳兵衛の母は継母にした。叔父はさほど悪い人ではなかったが少し悪者にした。九平次はさらに悪く描いた。生玉神社で喧嘩の場面を書き激しさを出した。徳兵衛の憐みを増し、愛の強さを表現したのである。

近松は竹本座の竹本義太夫を訪ねた。

「義太夫さん、台本が出来ましたぞ」

義太夫は台本を読んだ。

「近松さん、これは凄い。素晴らしい内容じゃ。早速辰末さんを呼んで語りと人形の合わせ稽古をいたします。おおきに有り難うございます」

十日ほど人形、三味線、浄瑠璃で合わせ稽古をした。近松は稽古に付き添った。

元禄十六年一月十日、竹本座で新春公演。〝曽根崎心中〟と幟《のぼり》がたちチラシが配られた。

一ヶ月間の大入り満員、大盛況であった。

お客の中に池田屋久兵衛とお店一党の顔があった。徳兵衛の母、叔父の顔もあった。お初の家族も丹波から来て見ていた。徳兵衛の母と叔父は「すまん、すまん」と泣いていた。お初の家族も「かんにんや、かんにんや」と泣いた。お初と一緒に大坂観音三十三ヵ所巡りをした客も見ていた。

「ええ子やったな、可哀そうにな」

見回りの奉行所の役人も見て泣いていた（あれは拙者が取り調べたんや・袖の下に手を入れた）。


久兵衛が楽屋を訪ねて来た。

「近松先生」

「あっ池田屋さん」

「誠に盛況でおめでとうございます。これで徳兵衛は浮かばれます。ホンマにおおきに」

「いえいえ池田屋さんのご協力のお蔭です。よかったです」

「先生、近いうちに来て下さい。お祝いしましょう」

「はい、わかりました。寄せてもらいます」

「では、これで失礼いたします」


元禄十六年二月十一日に池田屋で近松門左衛門や竹本義太夫、辰末八郎兵衛らを招いて祝賀会が催された。池田屋久兵衛はその日に人形浄瑠璃の後援会を発足させて、自ら会長になった。


自宅に戻った近松は（さてと・次は赤穂事件やな）と考えながら『徒然草』を読んでいた。

近松は若い頃から吉田兼好の徒然草が好きであった、仕事を始める時はここから始めるのである。


つれづれなるままに、日くらし硯に向かひて、心にうつりゆくよしなしごとをそこはかとなく書き付くれば、あやしうこそ物狂はしけれ。

近松は曽根崎心中を書きながら同時期に起こった赤穂浪士の吉良邸の討ち入りが気になっていた。大坂は江戸から少し遅れるが、一連の情報が瓦版や各藩の蔵屋敷や安治川口に着く樽廻船、菱垣廻船からもたらされる。

元禄十六年三月下旬、暖かくなってきた。徒然草を読み終えた近松は散歩に出た。歩きながら赤穂事件の街の反応を見てみようと思った。天満の自宅を出て天満宮へ来ると梅が満開であった。好い香りが漂っている。

情報によると赤穂浪士は四十七人。そのうち四十六人がすでに切腹したとのことであった。

近松は大川沿いを曽根崎新地に向かった。曽根崎新地は蜆川の北岸にある。大川はなにわ橋で左右に分かれる。北側は堂島川、南側は土佐堀川になる。堂島川は大江橋手前で北に蜆川が分かれる。堂島川と蜆川に挟まれた島が堂島である。中之島のような弓なりの形をしている。三本の川は福島で合流して安治川になる。安治川を下っていくと波除山があり樽廻船、菱垣廻船が多くひしめき合っている。中之島と堂島には全国の藩の蔵屋敷が所狭しと立ち並んでいる。播州赤穂浅野藩の屋敷は閉門になっていた。

商人や船頭たちの間では赤穂藩のことはさほど話題ではなかった。

堂島に米相場の会所がある。ここで米の値段が決まり、それが物の値段のもとになり金と銀と為替レートが決まる。貨幣経済は成立しているが江戸は金、大坂は銀本位制である。大坂の経済を支えるのが今橋の鴻池、鰻谷の泉屋住友、肥後橋の加賀屋、天王寺屋などの豪商であった。全国の米、産物が大坂に集められ取引を終えて大消費都市江戸へ送られるのである。大坂は文化、経済とも活気があった。

大坂の市街地はお城を東端、曽根崎新地を北端、安治川口を西端、道頓堀を南端として東西奉行所の管轄とした。市街地の中に運河を東西南北に作って物資を流通させた。そして町屋を天満組、北組、南組に分けた。北組と南組の間を船場と呼んだ。高津神社辺りから四天王寺にかけては寺町とした。

近松は大坂市中をブラブラと赤穂事件を考えながら歩く。堂島の会所を見て福島から浄正橋、渡辺橋、肥後橋を渡り、京町堀から船場伏見町の池田屋の前を通る。酒、味噌、醤油がよく売れて忙しそうであった。今日は寄らなかった。

さらに南へ・・道頓堀の竹本座も賑わっていたが寄らなかった。そのまま東へ。

高津神社に寄って茶店で一息ついた。その昔、仁徳天皇が町を見たという高台から、道頓堀、安治川口、摂津湾、淡路島が見えた。

富くじを売っていたので運だめしに一枚買った。一枚一分銀である。抽選日は七月一日とあった。過去三年の当選者が掲示されていた。

元禄十三年の当選者
一番・・・、二番・・・、三番・・・

元禄十四年の当選者。
一番・子の一三五番・千両・・因幡の国うさぎ屋・月兵衛殿。
二番・龍の八五一番・・五百両・大坂道修町、小西佐助殿。
三番・虎の百四十番・三百両・播州赤穂・大石内蔵助殿。

元禄十五年の当選者。
一番・・・、二番・・・、三番・・・

「あっ、一昨年《おととし》の三番の当選者はなんと播州赤穂大石内蔵助ではないか・・そうか大石は三百両を手にしていたのか」

大石内蔵助は赤穂藩が取り潰しのあと、京都山科に隠遁するが生活が派手であったと聞いている。いくら千五百石取りの城代家老とはいえ、浪々の身である。はて金はどうしたのかと思っていたら、なんと富くじが当たっていたのではないか・・・なんやそうか。

近松は高津神社の富くじを買った氏子に聞いてみた。

「あのう、ちょっと伺います。一昨年の富の三番が大石内蔵助とありますが、あの播州赤穂藩の家老の大石様ですか」

「はい、そうでおます。去年の暮れに吉良邸に討ち入ったあの大石様です。わてが三百両お届けしたのでよう憶えておます」

「えっ、届けた。どこへ届けたのですか」

「へえ、お泊りになっていた日本橋の紀州屋という宿屋です。浅野家の大坂屋敷が閉門になっておりましたので紀州屋にお泊りになったんやと思います」

「そうですか、・・おおきに」

近松は高津神社を出て西へ、二つ井戸から日本橋の紀州屋を訪ねた。

「ご免下さい」

「へい、お越しやす。お泊りでございますか」

「あ、いや、申し訳ない。泊りではない。私は近松門左衛門と言います。ちょっとお尋ねしたいことがあって来ましたのじゃ。主さんですかな」

「いえ、当家の番頭でイハチと申します」

「えっ、お前さんかいな、鶏の生血を吸うのは」

「いえ、それはイタチです。手前はイハチでございます」

「ああ、さようですか」

「近松さんとおっしゃいますと、あの曽根崎心中の近松さんですか」

「そうです」

「近松先生がわざわざのお越しで、どのようなお尋ねですかいな」

「実は、一昨年《おととし》のことですが、播州赤穂藩の大石内蔵助様が当家に宿泊していたと聞いたのじゃが、その折のことを聞かせてほしいのです」

「ああ大石様ですか・・この度は無事に本懐を遂げられてよかったですなあ。その後、潔く細川様の屋敷で切腹されたと瓦版で読みました。・・あっ、近松先生ひょっとして芝居に書きはんのでっか・・そうでっか取材でんな、よろしゅおます、協力しますわ。まあ上がっておくなはれ。あの時のことはよう億えてまんねん」

「おおきに、有り難う。では」

近松は座敷に通された。近松門左衛門が来たと聞いて主、丁稚、女中がみんな入ってきた。

「これはこれは近松先生、ようお越し下されました。主の紀州屋源助でおます」

「丁稚の梅吉でおます」

「女中のお竹でおます」

「近松先生これは皆大石様のお世話をした者です。何なりとお聞き下さい。ではイハチ、頼みましたぞ。店は私がみておきますでな」

「へい、おたのもうし申します。・・・ほな先生」

イハチは元禄十四年の宿帳を繰った。

「六月三十日から七月二日までお泊りしておられます・・」

と語りはじめた。

元禄十四年六月三十日に大石様が当宿に来られました。八番の部屋にご案内しまして、高津神社の富札を一枚購入願いました」

「わてはお食事を運んだり、お寝間や浴衣の用意をしました」

「わてはお風呂の案内して背中を流しましたで。それから、隣りの部屋に坊さんが泊ってて、大石はんの様子訊かれましたで」

「わても別の部屋で若い男から大石はんのこと訊かれましたわ」

「次の日、高津神社の富くじの抽選がおまして、なんと大石はんに三番の三百両が当たったんですわ。お店に十両、わてらに一両ずつくれはってな」

「大石はんは浅野様の菩提寺で谷町の吉祥寺にお参りに行って来た。それから赤穂の塩の御用商人さんのとこへ集金に行って来たと言うてはったでんな」

「わてはな、八軒屋浜から三十石舟に乗って京都に行きはるので、荷物を持ってお供しましたんや」

「そうや、大石はんが発ちはったらすぐにな、別の部屋の若い男も急に発つとゆうて行きはりましたで」

「隣りの坊さんは発ちはるときに〝京都山科か〟と一人言を言うてはりましたな」

「なるほど。イハチさん、お竹さん、梅吉さん、ご協力ありがとう。大変参考になりました」

「先生、ええ芝居書いておくなはれ。わて芝居好きだんねん。また来とくなはれ」

「はい、わかりました」


紀州屋を出た近松は黒門町でうどんを食べた。腹ごしらえをして、谷町の吉祥寺に来てみた。お寺ではお墓の造成で忙しそうだった。石屋の親方らしき人が大きな声で職人たちへ指示していた。

「浅野様の御家来衆の墓じゃ。世話になった大石様はじめ、四十六人が眠られる。あんばい造らなあかんで」

「へーい」

近松は浅野内匠頭の墓前に手を合わせ、「赤穂事件書かせてもらいます」と伝え、一両小判を置いた。

生玉さんに来た。

お参りの人が多い。ここは曽根崎心中で使わせてもらったのでお礼参りをした。境内が賑やかであった。筵《むしろ》がけの粗末な小屋があった。

〝米沢彦八・軽口口上・演目・播州姫路お菊の嫁入り〟ご入場料二十文とあった。

米沢彦八は近頃売り出しの大道芸人から常小屋の公演をするようになった〝落語の祖〟である。生玉神社と座間神社に筵敷きの簡易小屋を建てて、軽口（落語）をしているのである。小屋は五、六十人で満員になる。

女房らしき女が呼び込みをしている。

「・・さ〜さあ生玉さんにお参りの皆さん〜、お帰りには浪花名物、米沢彦八の軽口口上を聴いておくなはれや〜。お一人二十文でおますぅ〜。面白いでっせぇ〜、ためになりまっせえ・・・・」

「はい、おおきに。二十文ここに入れとくなはれ」

「面白そうやな、聞いてみよう」
・・二十文払って中に入った。満員であった。

第三章　お菊の嫁入り

彦八の女房のお滝が打木をチョーン、チョーンと鳴らします。大きな声で
「始まりィーはじまりィー」

彦八が袴姿で出て参ります。演台を張り扇でポンポンポンポンと叩きます。

…………………………………………………………

あいやお客様方。大勢のお集まりおん礼申し上げますする。さあーて本日語りまするは播州姫路お菊の嫁入りでございまーす。暫くの間、お付き合いを願いまーす。

姫路の城下、家老青山鉄山の屋敷に女中奉公しておりますお菊に、主の鉄山が見初め手を変え、品を変え、言い寄りますが、思うようになりません。

鉄山は可愛さ余って憎さ百倍。腹の虫が収まりません。家宝の皿を十枚お菊に預け、隙を見て一枚抜き取ります。その後、「皿が要る、持って参れ」数えてみますと一枚足りません。おのれは遺恨があるのかと、井戸に吊るして折檻したあげくに縄を切って井戸の中に落としてしまいます。お菊は幽霊となって鉄山を狂い死にさせ、恨みを晴らすというお話です。

その後もお菊は毎晩、井戸から出て皿の数を読むのが評判となって〝皿屋敷〟と呼ばれるようになります。美人で愛嬌がよいと人気が上がり見物が集まる。お金も入れてくれるようになります。このお菊さん、雨の日に出て風邪をひいて暫く休みます。

心配して幽霊協会の会長のお岩さんが大坂から見舞いに来ます。

「お菊ちゃん大丈夫？　あんた雨の日に出たやろ。あれが悪かったんや。わては雨の日、出んようにしてんのよ。大事にしてや、あんたはわてらの稼ぎ頭やさかいな。あんたに倒れられたら幽霊協会が成り立てへんようになってしまう。他の者は出ただけで嫌がられて、棒で叩かれたり、石を投げられたりして医者代がようけ要るの。ほんま、会長のわても大変やわ。お菊ちゃん、ようなったら大坂へ遊びに出といでな。ほな帰るわ」

「へえ、おおきに。ゴホン。お岩さんも協会の方、頑張ってや。また稼いでお金入れるさかいな、気ィ付けてな」


久しぶりに井戸から出てみますと、辺りは荒れ放題。見物も一人もいません。これではアカン、商売になれへんと大坂へ行くことにします。幽霊は成仏できず、この世とあの世の間を彷徨う不安定な立場です。僅かの稼ぎから掛け金をして協会を作っております。その会長がお岩さんです。幽霊たちも人の女房になったり、見世物小屋に出たり、絵描きの被写体をしたりして仕事をしております。

さてお菊さん大坂に着きますと、お岩さんに挨拶をして、法善寺水掛不動の裏に住まいを定めます。

「さあ、これから仕事みつけなあかん。道頓堀でも行ってみよ。何かええ仕事があるかもしれんわ」

道頓堀に行きますと、竹本座の前で芝居の看板を見て、びっくり。『播州皿屋敷』公演中と自分のことが芝居になってます。

「まあ。わてのこと、芝居になってるわ。人気の方はどうなんやろう。明日、天井裏から見てみよう」

次の日、竹本座の天井裏の節穴から芝居を見ますと、舞台は懐かしい姫路城下、青山鉄山の屋敷。

「これ、お菊。身どもはその方を見初めておる。この想い叶えてくれぬか」

「その儀だけはどうかお許し下さい。私には言い交したお方がおります。何卒お許し下さりませ」

「左様か、どうしても嫌か。致し方あるまい。ならばじゃ、お菊。ここにある十枚の皿、身どもの先祖が将軍家より拝領したる大切な家宝じゃ。もし万一の事があると鉄山切腹して申し訳をせねば相すまん。粗相のないように預かっておいてくれ」

「畏まりました」

鉄山、隙を見て一枚抜き取ります。

「これお菊、先日の皿が急に要りようじゃ。持って参れ」

畏まりましたと持ってくる。数を数えると九枚しかない。鉄山、ここぞとばかりに。

「これはどうしたことか。お菊、その方この鉄山に祟りなさんと一枚隠したな。そうであろう白状いたせ」

「存じません、知りません。今一度、数えさせて下さいませ」

「やかましい、不届きな女め。痛い目に遭わせてやる。これへ来い」

井戸へ吊るし上げます。刀の鞘で散々叩き上げます。バシイー、ビシイ、ヒエー
「たとえこの身が攻め殺されても命は惜しみませんが、盗みの汚名が悔しゅうございます」

「おのれ、ほざくな。この上は、家中への見せしめじゃ。成敗してくれる」

縄の結び目をプッツーン、お菊は、井戸の中へザブーン、この時、舞台では役者をゆっくり降ろすところが、本当に切れてしまい役者の市川は奈落の下へドーンと落ちて立ち上がれません。

「えらいこっちゃ、市川はん大怪我でっせ、このままやと幽霊で出れへんがな」

「市川はん肥えてはったさかいな、綱が細かったんやな。とにかく青火飛ばして芝居続けなあかん。すぐに空いてる役者探して代わりに出すんや」

裏方はえらい騒ぎです。これを見ておりましたお菊、昔の恨みを思い出し、ここぞと

ばかりに井戸の中にスウ～と入り渾身の恨みを込めて井戸から出て参ります。

鉄山は腹の虫が癒えたと酒を飲んで寝ております。その枕元へお菊が青火とともに飛んでまいります。

「恨めしい鉄山どの～一枚二枚～八枚九枚～恨めしい、殺してやる～」

「おっ、おのれ、迷うたか。今一度成敗してやるえ～い」

お客さんのほうは、吊るし上げる綱が見えないまま刀をかわし舞台を飛ぶその美しい姿に引き込まれます。

「いよ～日本一お菊さん～ええぞ～」

芝居は無事幕引きとなります。お客は口々にお菊を褒めちぎります、道頓堀はお菊のことで大評判です。

楽屋で座長の坂田藤十郎がこんなことを言っています。

「市川さん、怪我の具合どうですかな。え？　当分アカン？　そうか、今日のお菊の代役は誰がやったんかいな。わしが鉄山で寝てた時に枕元に立ったお菊、えらい迫力やったで。え？　わからん？　この中にいてへんのかいな。明日も出てもらわな芝居に穴が空くがな。みなで今晩中に捜しておくれ。道頓堀はえらい評判になっているはずじゃ。明日はお客が押し寄せてきますぞ。みな頼みましたぞ」

わてのこと捜してるわ。鉄山見たら腹立ってきて夢中で舞台に出たのがそんなに良かったんかしら。それやったら座長はんに挨拶してこのまま雇うてもらお。そのまま、節穴から楽屋へスウ～と降りて行きます。

「こんばんは、座長さんお菊でおます」

皆はびっくりですが、さすが座長の坂田藤十郎、腹が据わっております。

「座長の坂田です。よう来て下された。まあこの座布団にお掛け下さい。えっ、ホンマもんの幽霊、道理で、そうですか姫路から大坂へ天井裏から見てたら思い出して出てしもた。なるほど事情は分かりました。それで明日も出てくれる。それは有り難い。一日一両でどないですか。それでよい？　では頼みましたぞ」

話はすぐに決まり、お菊人気で芝居は二ヶ月の長期公演となり、お菊の錦絵も出ます。美人ですから飛ぶように売れます。千秋楽を終えてお菊さん、出演料六十両と絵の出版元から二十両のお金を手にしてお岩を訪ねます。

「まあ、お菊ちゃん、いらっしゃい。あんたえらい人気やで。錦絵が町中に売れてるがな。えっ？　四十両も協会に入れてくれるの？　おおきに、助かるわ。提灯小僧さん、石投げられて目に当たって、代わりに犬の目入れるのにお金が要るところやったんやわ」

「お岩さんも皆の面倒見て大変やけど頑張ってや。お金はまた入れるさかい安心しといて。ほな又来ます」


さてここにございました、さる船場の若旦那。お店一党で芝居行き「皿屋敷」を見てお菊に一目惚れ。売り出された錦絵を全部買い集め部屋中に貼りまくります。そのうちに「お菊さん、お菊さん」と譫《うわ》言を言いながら寝込んでしまいます。

食事は喉を通りません。医者に診せますと、もう危ないと言う。親旦那は心配して、幼馴染で手ったい（手伝い）の熊二を呼びにやります。

「旦さん、熊二でおます。若旦那がもうアカンてほんまでっか？　若旦那とわては幼馴染でおます。何とか力にならしていただきとうおます」

「熊さんか、作次郎がたいへんなんじゃ。大事な一人息子でな、なんとしても助けてやりたい。おまはんは子供の頃からの馬合《うまあ》いじゃ、会うてやって下されい。助ける手立てを見つけておくれ、頼みましたぞ」

「へい、分かりました・・・・若旦那、熊二でおます、入りまっせ」

「熊はんか、よう来てくれた。わてはもうあかん、世話になったな」

「何を、弱気なこと言うてはりまんねん。元気出しなはれ、この熊二がついてまっせ。訳を聞かしとくなはれ、訳を」

訳か。訳はな、熊はん恥ずかしいけどな、ウフ、やっぱり恥ずかしいわ」

「ははあ～ん、分かりました。女子でっしゃろ。そうでっしゃろ、どこのお方です？言いなはれ、わてがなんとかしてさしあげます」

「わかるか、やっぱり幼馴染やな。実はそうなんや、このお菊さんを嫁にほしいのや。あかんかったら、このまま死ぬう～」

「えっ？　この絵は今人気のお菊はんでんな。それで部屋中に貼ってんのでっか？　病気のまじないか思いましたがな。へえ〜、この絵に惚れなはったんでっか。分かりました。わてが捜して連れてきますよって、必ず元気になっとくなはれや」

「親旦那あ〜、若旦那の病気の原因、分かりましたで。女子です。錦絵のお菊さんを嫁に貰いなはれ。病気全快間違いなしでおまっせ」

「分かりました。大事な跡取りです。熊さん、金に糸目はつけません。おまはんにも礼金は弾みます。必ずお菊さんを捜して連れてきておくれ。頼みましたぞ」

熊二は錦絵の出版元から竹本座へと行き、お菊のことを尋ねます。飛び入りの女役者で住まいは分からない、この世の者ではないと聞かされ、びっくりです。親旦那に言いますと、なんでもかめへん、作次郎の命には代えられない。とにかく連れて来てくれと言います。

熊二は心当たりを捜しますが、見つかりません。若旦那のことも気になるし途方にくれておりますと、手伝い仲間のへんちき（変わり者）の源助が来まして。

「熊公、どないしたんや？　えらい浮かん顔やな」

「せやねん、お前も知ってるやろ。本家の若旦那、病気で危ないねん」

「へえ〜そうかいな、ご大家《たいけ》やさかい大変やな。医者に診せたんやろ？　原因が分からんのんかいな」

「原因は分かったんやけど、どうしようもないんや。錦絵の女子に惚れて嫁にほしい言うのや。女役者で居所は分からへん。まして幽霊やねん。名前はお菊て言うんやけどな」

「えっ？　あのお菊さんかいな。お菊さんなら夕べうちに遊びに来てたで、うちのお幽と仲間やさかいな。お前も知ってるやろ？　わいの嫁はんは一心寺で拾うた骨で供養の礼にと、そのまま来た押し掛け幽霊女房や」

「せやった、せやったがな。お幽さん幽霊やったな。なんではよ気が付かなんだんや。源やん、よう来てくれた。なあ、お幽さんにお菊さんの住まいを聞いてくれへんか」

その夜
「なあ、お幽。お菊さん何処に住んでるか知らんか？　と言うのはな、今日、熊の家に行ったらな、これこれこういう訳で頼まれたんや」
「えっ？　お菊ちゃんのことを嫁に？　よろしゅおます。わてら幽霊は大体お寺や墓場のそばに住んでるの。確か法善寺さん言うてたわ」

「そうか、おおきに。はよ知らせたろ・・・・・・・」

「熊公、分かったで。法善寺や」

「そうか、おおきに。源やん、一緒に行ってくれ。若旦那が心配や」

「よっしゃ分かった。行こ」


二人は法善寺へ来て、水掛不動の前に立ちまして両手を合わせて頼みます。

「お菊はん、聞こえてますか。わては熊二と申します。わての本家の若旦那があんたに惚れまして、食事も喉を通りまへん。あんたが嫁に来んと、もう死ぬと言いますねん。お頼みしまっさかい、わてと一緒に来とくなはれ。お願いいたします」

「お菊さん、源助です。わいからも頼みます」

まあ、お幽さんとこの源やんやわ。なんやて、わてのことを嫁に？　まだ嫁に行ったことないしどうしよう。もしその若旦那が死んだら恨まれるし、幽霊が恨まれたらさまになれへんしな。それにこの機会を逃したらもう嫁に行かれへんかもしれんし、よし思い切って行こ。

スウ～と出て行き、お不動さんの前に立ちまして、

「お菊でおます」

「あっ、お菊はん。聞いとくなはったんか。しかし美人やな、絵そのままや。とにかく、わいと一緒に来とくなはれ、頼みます。お願いいたします」

「へえ、どうぞ・・・・」

と手を出します。


「おおきに」

と熊二、お菊の手を取りまして本家まで走ります。


「親旦さぁ～ん、若旦那あ～、お菊さん連れて来ましたで」

「えっ、それは、それは。ホンマによう来とくなされた。おおきに、おおきに。有り難いことです。作次郎もこれで助かります。ささっ、作次郎に会うてやって下されい」

「初めまして、菊でございます。よろしゅうお願いいたします。ほな上がらせてもらいます」

スウ～・・・

「若旦那さま、お菊です入りまっせ」

スウ～。

「ああっ、ああっ、おっおっお菊さん。あっあっ、会いとうおました。わての嫁になってくなはれ。えっ、来てくれる？　ほんまでっかおおきに、おおきに」

作次郎は病気全快、祝言の運びとなります。婚礼の夜、両家から客が招かれます。ご大家ですから、お武家、鴻池、住友、加賀屋と居並びます。お菊の方は、親代わりのお岩、お幽、提灯小僧、唐傘小僧、化け猫、化け狐、豆狸と並びます。宴会は皆、芸達者です。ヤンヤヤンヤ、ドンチャンドンチャンと盛り上がります。客も珍しいものが見れると大喜びです。

「高砂やこの浦、船に帆あげて・・はや住之江に着きにけり～」と無事祝言が終わります。

それから作次郎とお菊は「お菊」「お前さん」と仲良く過ごしております。

ある日、お店で大事な取引先の接待をいたします。十枚一組の家宝の皿に豪華な料理と極上のお酒、台所と座敷を行ったり来たりの大忙し。お菊さんも「おひとつ、どうぞ」と飛びながらお酌をしてまわります。接待も終え、お客は帰って行きますと後片付けです。女中も丁稚もお膳やお皿を台所へと運びます。若旦那も客を見送り、台所を手伝います。

「お菊、わては銚子を運ぶのでおまはん、この家宝の皿を運んでおくれ」

「えっ、お前さん〝家宝の皿〟だけは堪忍しとくなはれ」

…………………………………………………………

落ちが付いたところでお滝の太鼓がドーンドーンと鳴ります。お客は満場の拍手を送ります。面白かったと帰って行きます。

これは凄い、素晴らしい芸や、新しい形の芸やな、わしも滑稽を考えねばならんな。近松は筵で仕切っただけの楽屋に入ってみた。彦八は熱演で上半身裸で汗を拭いている。お滝はうちわで扇いでいた。声を掛けた・・・。

「彦八さん、お疲れ様でしたね」

「えっ、どなた様でしたかいな」

「初めまして、近松門左衛門と言います。素晴らしい話芸を見せていただきました。感動しております。これは些少ですが、お礼です。十分参考になりました。影響も受けました」

「えっ、ではあの劇作家の近松門左衛門先生ですか？　それは恐れ入ります。お恥ずかしい限りです」

「舞台も三味線もないのに話芸一つで大坂の町や竹本座の舞台が見えていましたよ。一人でよくあれだけの人を演じましたな、素晴らしい。これからも見せてもらいますし、応援もさせてもらいます」

「はい、おおきに。私の方こそ近松先生とお近づきになれて光栄です。今後ともよろしくお願いします」

一流が一流を認め合った感があった。その後二人は何度となくお互いの芸を見合い、飯を食い酒を飲み、語り合った。近松はすっかり彦八の芸が気に入った。近松は自分のあとを継いで作家になっている息子の門之助を、彦八の弟子にしたいと思った。

第四章　富くじ忠臣蔵

ある日近松門左衛門は門之助を連れて座間神社境内で彦八の軽口口上を見た。

「どうや門之助、素晴らしい芸やろ」

「はい、父上。文楽や歌舞伎以外にこんな素晴らしい芸があるとは知りませんでした」

「そうや、これこそがほんまの大衆演芸や。どうややってみるか。わしはやりたいが年じゃ。お前はまだ若い」

「はい、是非やってみたいです」

「そうか、ではこれを持って彦八さんに弟子入りをいたせ。これはわしが書いた赤穂事件、碁盤太平記じゃ。これを彦八さんに軽口口上に直してもらいなさい」

門之助は父と同じ劇作家の道を歩んでいたが、父から米沢彦八に師事するよう勧められ、彦八の弟子になった。

彦八は近松門左衛門原作の碁盤太平記をもとに〝富くじ忠臣蔵〟を作った。それを座間神社の境内で門之助に演じさせた。境内の小屋は幔幕に筵敷きで五、六十人で満席。入場料は一人二十文です。

近松門之助・軽口口上・演目・富くじ忠臣蔵

ポンポン、ポンポン。

…………………………………………………………


あいやお客様、本日はようお集まり下された。満員でございます。厚く御礼申し上げまする。さーて本日語りまするは、〝富くじ忠臣蔵〟の一席でございまする。

ご存じのように元禄十四年三月、江戸城松の廊下で播州赤穂五万三千石の大名浅野内匠頭が高家筆頭の吉良上野介に刃傷をする事件が起こります。赤穂藩はお取り潰し、内匠頭は切腹、吉良はお構いなしとなります。

この知らせが赤穂の国家老、大石内蔵助の元に届きます。評定では意見は分かれますが内蔵助は主君の無念を晴らすべく仇討と腹を決めます。

家臣の中には離反する者、斧九太夫のように吉良へ寝返る者もおります。内蔵助は家臣たちにお金を分配して、城を明け渡し京都山科へと旅立ちます。

同志たちも「ご家老様、決行の日を待っております」と各々が、浪々の身となって赤穂を離れて行きます。

決行の日まで苦しい生活が始まります。耐え忍ぶためにはお金が要ります。赤穂の浪士たちは吉良もカタキ、金もカタキの生活をこれから過ごすのであります。

吉良方では、忍びの心得のある鷺坂伴内に大石の動向を探るよう命じます。伴内は僧に変装して大石を付けます。

内蔵助は大坂にやってまいります。日本橋の宿屋、紀州屋源助の前に立ちます。


「たのもう、じゃまをするぞ」

「へい、おこしやす」

「拙者は、播州赤穂藩浪人大石内蔵助と申す。その方、名はなんと申す」

「ハイ、イハチと申します」

「うむ、その方じゃな、鶏の生き血を吸うのは」

「それは、イタチでございます。手前はイハチと申します」

「さようか。ではイハチ、数日厄介になる」

「有り難うございます。どうぞお上がりを」


大石め京都に行かず大坂泊まりか・・・と伴内は同じ宿の前に立ち、

「じゃまします、拙僧は、江戸浅草寺、伴念と申します」

「へい、おこしやす」

「泊めていただけますかな」

「はい、どうぞお上がり下さい」


内蔵助は部屋の中で・・・・。

明日、天川屋から塩の代金を集金して百両か、浪士たちのために金が要るのう。うむ～ん何とかせねばならん。

そこへ、イハチが・・・・。


「大石様、お邪魔致します」

「おおっ、イハチか、なに用じゃな」

「はい。私ども宿屋仲間では、大坂高津神社の富くじを売っております。一枚一分銀でございます。どうかお買い求めいただきとうおます」

「なに、富くじとな、それはどういうものであるか」

「はい、高津神社で富のくじを引きます。一番が千両、二番が五百両、三番が三百両が当たります。この〝虎の百四十番〟が富札でございます」

「なるほどこれが富札か、当たれば金を貰えるのじゃな。これが虎で、わしが虎年か。運だめしじゃ、買おう」

「有り難うございます。富は明後日でございます」

翌日、内蔵助は赤穂藩の御用商、堺の天川屋義平宅へ行きます。天川屋義平は長年御用を勤めた赤穂藩に仕入れた塩の代金百両と今後の支援として百両足して渡します。

「かたじけない、ではいずれ・・その時はお頼み申す」と大石は何やら頼みます。そして二百両を為替飛脚で江戸の同志へ送金します。

伴内はつけております。・・・・大石め何やら相談をして金を江戸へ送りおったな。

高津神社では明日の富の準備をしております。木札を箱に入れたり、お金を千両、五百両、三百両と三宝に置き、蔵の中に入れておきます。

宿屋には、内蔵助、伴内、ねずみ小僧が泊まっております。このねずみ小僧は寝返った元、赤穂藩家老斧九太夫のせがれ斧定九郎で、盗賊になって高津神社の富の金を狙っております。伴内は忍びですから隣のねずみの気配を感じております。・・・・隣りのねずみは、なにやらこそこそしておるな。

深夜ねずみは黒装束で高津神社の蔵へ忍び入ります。三番の三百両盗んで部屋に戻ってきますと、着物をたたみその間に入れて寝てしまいます。

伴内は・・・・隣のねずみ戻って来おったな。さてと天井裏からねずみの部屋へ入り三百両を取って物音ひとつ立てず自分の部屋へ戻ります。忍びの腕は上々でございます。

大金じゃな、何処から盗んで来おったのかのう・・・・と思いながら寝てしまいます。

朝、ねずみは三百両がないのでびっくり。盗人の上前をはねるとは恐ろしい奴がおる。客の中にいるはずやと客を見て回ります。その中に家老の大石を見つけてびっくり。・・ご家老は大坂で何をしてんねんやろ・・・・付けてやろう。

内蔵助は富札を持って高津神社にやって参ります。


高津神社の方は大勢の人です。手に手に富札を持ちまして始まりを待っております。「大勢の人でんな」「大勢の人でおますな」「誰に当たりまんねんやろな」「誰ぞに当たりまっせ」とワイワイと言うております。

太鼓がドーンドーンと鳴りまして富が始まります。高津神社の世話方が拝殿に立ちます木札の入った箱を持ちまして、ガラガラと振ります。目隠しをした十才くらいの男の子、裃をつけまして長い錐のようなものを箱の中へ突き刺します。木札が一枚上がってまいります。それを手に取って大きな声で読み上げます。

第一番の御富《オン》ィ～「子《ネ》の千三百六十五番」。嗚呼、嗚呼、どうしました・・・あかん～はずれた。

第二番の御富《オン》イ～さあ、わいの番や、えっ、あんたの番てどういうことでおます。へえ、ゆうべ高津の富の二番はお前にやるてお告げがおましたんや。さあ言ってくれ、竜やろう。「竜の～」八百か～「八百う～」五十やろう～「五十う～」あんた当たりまっせ、ヨツシャア七番か～「一番～」あああ～あかん～。

第三番の御富《オン》イ～「虎の百四十番」と当たり札が決まりまして張り出されます。

世話役が蔵に行きますと、三番の三百両がございません。慌てた氏子たちが三百両を集める算段をします・・どうしまひょう・・生玉さんに借りましょう・・そうしておくれ。

内蔵助は高津神社へやってきますと、当たり札が張り出してあります。

富は済んだとみえるな。あれに当たり札が張ってあるな。どれどれ、一番、二番、三番か。なるほど、子《ネ》の千三百六十五と、竜の八百五十一と、虎の百四十か。え〜拙者の札が「虎」か。おっ、あの三番が「虎」じゃな。拙者の札が「虎の百四十番」で、あの三番が虎の百四十番じゃ。なに、あれが「虎の百四十番」これが「虎の百四十番」なんと同じではないか、当たったわい。

これ世話の者、三番が当たりもうした。

それは、それは、え〜三番が「虎の百四十番」はい、確かに当たっております、おめでとうございます。お金は明日お届けいたします。これにお所、お名前をお願いいいたします。・・

えらいこっちゃ三番や、三百両はよ借りてこなあかんがな。

これは運がよいと大石は宿へ戻って待っております。

なんと大石め三百両当てておったわい。神社が慌てておるようだが氏子たちが三百両ないとか、借りるとか言うておるな。はは～ん、ねずみめ。この三百両ここから盗みおったな。するとこの三百両は大石の金ということか。大石め、この金どう使うか見定めてやろう。わしに神社のばちがあたってもかなわぬと本殿にそっと置いて立ち去ります。

なんとご家老に三百両当たったがな。しかし高津神社は三百両どうするんやろ、と変な心配しております。

翌日に高津神社では氏子が本殿の三百両を見つけまして、神様が取り返してくれたと大石に届けます。

「大石様、この度はおめでとうございます。宿屋一同喜んでおります。今夜祝杯でもいかがでございますか」

「おお、イハチか、その方のお蔭じゃ。これは些少であるが店に十両、世話になった者たちに一両ずつ礼じゃ、受け取ってくれ。祝杯を挙げたいところであるが拙者はこれから三十石舟で京都へ行く。縁があったらまた会おう。さらばじゃ」

大石め、いよいよ京都へ行くか。わしは明日ゆっくり行こう。あまり付いていると怪しまれる。行先は山科と分かっている。

ご家老に三百両届いたか・・・・よし山崎街道を先回りして伏見で待っていよう。夕刻、舟から降りる時に盗んでやる。

定九郎は足に自信ありと山崎街道を京に向け走って行きます。

山崎では同じ赤穂浪士の勘平が女房お軽の実家で山猟師をしております。

夫が仇討の同志に加わるには金が要る。

お軽は夫のために京都祇園の一力茶屋に身売りをします。その代金の半金五十両を父の与市兵衛が受け取り、山崎街道を戻ります。その時に定九郎と出会います。

定九郎は行きがけ駄賃と与市兵衛を殺し五十両を奪います。この時、猪を追っていた勘平は鉄砲を撃ちます。この流れ玉が定九郎に当たり定九郎は死んでしまいます。が不幸にも勘平は義父殺しの嫌疑をかけられ切腹して果ててしまいます。早まりし勘平であります。

内蔵助は船場伏見町の池田屋に行き、家老自ら塩の代金五十両の集金をします。それから大坂浅野屋敷の菩提寺である谷町の吉祥寺へ亡君の墓参りに行きます。手を合わせ・・。

「南無・・・・内匠頭様必ず仇は打ちますぞ・・あの世でお会いしましょう」

内蔵助は寺に五十両寄進して八軒屋から三十石舟に乗ります。船頭さん上りは川の流れが逆で力がいります。やっうんとしょ、船は京都をめざします。

「やれえ〜よどのまちにもな〜すぎたるものはよ〜おしろやぐらとな、みずぐるまよ〜やれさよいよいよお〜」
・・・・夕刻、船は伏見に着きます。

内蔵助は暫く山科で過ごしております。

江戸の同志から〝資金は尽きた早く決行してほしい〟と催促の手紙が来ます。もう暫く待たれよと百両送ります。

憎が家の前を行きます・・・・わしを探っておる、これでは動けぬわい。

内蔵助は仇討を悟られまいと紙園一力茶屋で遊興を始めます。

お軽は勘平や与市兵衛が亡くなったことを知らずに働いております。

内蔵助の息子主税が内匠頭の妻、かほよ御前の密書を届けに来ます・・それを懐にしまう。

寝返った九太夫が内蔵助の座敷に現れます。「大石殿、久しゅうござる、今宵ともに酒を酌み交わし、美味い魚も食べましょうぞ」と本心を確かめます・・・・内匠頭の月命日に魚を食べるか、うむ〜ん、分からぬと去ります。

江戸からもう待てないと先崎弥五郎ら三名が直談判に来ます。茶屋で遊ぶ内蔵助を見て唖然とします。

「ご家老には呆れ申した。我々江戸で待つ者の苦労を何とお思いか、殿の無念をお忘れか。いつ江戸へ下向なされますか。もう仇討はなさらぬおつもりか。お返事によってはご家老を裏切り者と成敗いたし、我々だけで討ち入りを決行いたします。ささっご返事はいかに、いかに」

とえらい剣幕で詰め寄ります。内蔵助は見張られているのを察して、

「これはこれは、各々方、遠路ご苦労に存ずる。ささ、かたき討ちなど忘れてここで遊びなされ。あっはっはっ、これ芸者衆頼みまするぞ、あっはっはっはっ」

「釣ろよ釣ろよ、信太の森の子狐さんを、釣ろよ」

「とらまえた、とらまえた、あはっはっはっはっ」


と酔っぱらって寝てしまいます・・・・皆、呆れて引き上げます・・・・が。


お軽は二階で窓を開けて夕涼み・・・・あら、大石様酔うて寝ておるわいな。

縁の下では帰ったはずの九太夫と伴内が様子を見ております。

内蔵助の懐には、息子の主税が届けに来た亡き主君の妻かほよ御前からの密書があります。辺りに誰もいなくなったと起き上がり、月明りで密書を読みます・・。そうであったかと顔を上げると二階のお軽と目が合います。

「軽ではないか、なにをしておる、ここへ降りて来い」・・・・と梯子をかける。

「その方なにか見たか・・・見たに違いないな」・・・よし。

「その方を身請けしよう。自由にしてやろう」・・・と奥へ行く。


お軽が待っているところに兄の平衛門が来ます。


「われは、妹」

「お前は、兄さん、恥ずかしいわいな」

「なんの恥ずかしいことなどあるものか。これも夫のためのこと。兄はほめておるわい」

「それでは兄さん、もっと喜んでおくれ。私は今宵、大石様に請け出されるわいな」

「何と、ご家老様に。ああ、きわまったわいな、仇討はなくなったわい」

「あるぞえ、あるぞえ、密書を読んだそのあとでジャラ、ジャラ、ジャラツキダシテ身請けの相談」

ジャラツキダシテ身請けの相談・・・「読めた、妹、お前の命、兄がもろうた」

「きゃ〜兄さん、危ないわい、やめてくだされい」

そこへ内蔵助が戻ってまいります。

「兄妹の者、その心底よう分かった。軽、その方の身請けは済んだ。今日より山崎に戻り夫と父の菩提を弔い、母に孝行いたせ。平衛門は縁の下のねずみを始末して鴨川へ捨てて、同志に加わるがよかろう」

「ご家老様、ありがとうございます。ではいよいよでございますか」

「そうじゃ、いよいよじゃ。江戸の者に伝えよ。わしは大坂に行き、かねてより天川屋に頼みおいた武具などを揃えてから参る」

内蔵助は伏見の浜から三十石舟に乗ります・・・下りはのんびりと・・・・

「やれ～淀の川瀬のなあ水車よ～誰を待つやらなあくるくるとおよ～やれさよいよいよお～」

舟の中で内蔵助は密書を読み返します「かほよは、内匠頭様亡き後、実家に戻りお金に苦労しております。内蔵助、お金を送っておくれ」・・奥方様に金を送らねばな、しかし富の金は祇園で使い果たしたなア・・よし天川屋に頼もう・・と思案をしているうちに舟は大坂に着きます。八軒屋浜では宿屋の客引きが・・どうぞお泊りを、どうぞお泊りを・・その中にはイハチもおります。紀州屋源助でございます。どうぞお泊りを・・・・と内蔵助を見つけまして。

「大石様、お久しぶりでございます。イハチでございます」

「おおっ、イハチか、久しぶりじゃのう。おおそうじゃ、好い所で会うた。その方に、頼みがある」

「へえ、なんでおますかいな」

「富札を三枚売ってくれい」

……………………………………………………

ドーンドーンと落ちがついたところで太鼓が鳴ります。

父の近松と師匠の彦八は
「彦八さん、おもしろいですな。ようここまで息子を育ててくれました。お礼申す」

「なにを言わはりますねん。私の方こそ、お礼をゆわなあきまへん。ええ弟子でおます。

私の芸が受け継がれることが嬉しゅうおます。それにこの話の原作は近松先生が書きはったもんです」

「そうですな。高津神社に行って富くじを買ったことが切っ掛けになったのです。そのあと生玉さんに行って彦八さんと初めて逢うたのです。私の富は見事に外れましたがな、あっはっはっは。しかしあの日の〝お菊の嫁入り〟には私は衝撃を受けましたよ」

「あの日のことはよう憶えてます。先生のような高名な方にお声を掛けていただき、光栄でおました」

「いやいや、・・ところで彦八さん。私たちの芸が後々の世まで受け継がれていってほしいものですな」

「はい、先生。必ず伝承されると思います」


ふと、近松はお初と徳兵衛のことを思った。・・あの世で無事に添い遂げたかなあ。

〝富くじ忠臣蔵〟はその後に人形浄瑠璃の仮名手本忠臣蔵として竹本座で上演され大当たりをとった。元禄時代に花咲いた大坂の芸能文化は、二人の願い通り脈々と引き継がれていったのである。

第五章　昭和の大阪

昭和五十九年、大阪

赤間治彦。大阪市生まれ、二十九才、独身。ＭＫ商事販売部係長、大阪市生野区で祖父と二人暮らし。

祖父、赤間和平。八十四才。妻と娘と婿を亡くした時に自分も死のうと思ったが孫の治彦がヨチヨチと寄って来て「じい、じい」と言った。この時から孫のためだけに生きてきた。四才の治彦を育て大学を出した。今は治彦の扶養家族である。

治彦は自分を育ててくれた祖父に心から感謝をしている。苦労をして育ててくれた祖父への恩返しをしなければならないと思っていた。和平は芝居や歌が好きであった。治彦は京都南座の歌舞伎公演、梅田コマ劇場の北島三郎ショウ、難波の新歌舞伎座の里見浩太郎ショウ、道頓堀中座の松竹新喜劇、角座、なんば花月の演芸などに和平を連れて行った。和平は喜んでくれた。

赤間治彦は大学で日本史を学び今も趣味として勉強している。その他、古典芸能観賞も趣味としていた。

国立文楽劇場は昭和五十九年四月、大阪日本橋に開場した。この劇場は廃校になった小学校の跡地に建てられた。文楽を演ずるには最高設備の劇場である。

治彦は国立文楽劇場のこけら落とし公演の切符が手に入ったので、和平と一緒に見に来た。文楽は初めての観賞であった。演目は初演から約三百年続く近松門左衛門作、〝曽根崎心中〟である。
近松門左衛門は東洋のシェイクスピアと言われる劇作家である。百余りの作品を作っている。現在も文楽や歌舞伎で上演される主なものは次の通りである。
世継蘇我・・・三十一才
出世景情・・・三十三才
曽根崎心中・・五十一才
冥途の飛脚・・五十九才
国性爺合戦・・六十三才
心中天の綱島・六十八才
今日のこけら落とし公演はその中の〝曽根崎心中〟である。こけら落とし公演らしく着物姿の客が目立った。
治彦と和平の席の並びにも和服姿の若い男女が座っていた。文楽は歌舞伎、能楽とともに日本の三大国劇に数えられて、国の重要無形文化財に指定されている。
開演のブザーが鳴るとシーンとなり、定式幕が開く。
文楽は義太夫、三味線、人形遣いの三者で構成されている。

舞台に向かって右側に金屏風の小さい廻り舞台がある。おそらく裏方さんが手で廻しているのだろう。くるっと回ると銀屏風に変わり、太夫と三味線者が座ったまま出てくるのである。義太夫は人間国宝の竹本吉太夫、三味線は人間国宝の鶴澤清治。黒子が出てきて
「とうざいーそねざきしんじゆうーかたりまするたゆう、たけもときちたゆうーしゃみせんつるざわせいじー、とうざいー」

と案内する・・拍手が起こる。

太夫の前には立派な見台が置いてある。家紋が入り、本が置いてある。太夫は恭しく持ち上げ礼をする。三味線は太棹、中棹、細棹がある、清治が太三味線を力強くべーンベーンと鳴らし始めた。吉太夫が語り始める。

「げにゃあんらくせかいよりいまこのしゃばにじげんしてわれらがためのかんぜおんあおぐもたかしたかきやにのぼりてたみのにぎわいをちぎりおきてしなにわづや」

ベンベンベンベン・・・・。

舞台の左側には竹本座と豊竹座の紋の入った黒幕が掛かっている。この幕が引かれて人形が出てくるのである。

舞台は人形遣いの足元が見えないようにしてある。

静かに人形が三味線と語りに合わせて出てくる。一つの人形を三人で操っている。人間国宝の桐竹勘助《かんすけ》が徳兵衛、人間国宝の吉田簑彦《みのひこ》がお初を演じている。生きているように見える。顔の表情は目や口の動きで表現している。左手役が一人、足役が一人、人形は生きているように見える。義太夫、三味線、人形遣いが寸分の狂いもない間合いで見ている人を魅了している。

……………………………………………

生玉神社の場

舞台は元禄時代の大坂、季節は夏。内本町の醤油問屋平野屋の手代徳兵衛は、丁稚に醤油樽を持たせて得意先を廻り、生玉神社に来た。
「・・浮名をよそにもらさじと包む心の内本町、焦がるる胸のひらの屋に春を重ねし雛男・・」
ベンベン。
十八、九ばかりの杜若《かきつばた》のように美しいお初がお客と大坂三十三ヵ所の観音巡りをしている。
その十八番目の生玉神社の境内で恋人の徳兵衛を見つけて声をかける。

「ありや徳様、徳様」
・・人形本人が喋っているように見える。操っている三人は全く視野に入らない。
徳兵衛はお初に気付く。

「これ長蔵、俺はあとから帰るので先に往んでおくれ・・」

「どうしていたの、長く会わないで寂しかったわ。病気になるかと思ったわ」

「それはすまんかった、いろいろと事情があったんや。一部始終を聞いてくれ」

先月の二十八日のことである。

十三才から奉公している平野屋の主は実の叔父、叔父夫婦に子供はないので女房の姪を徳兵衛に添わせると言うのである。在所にいる徳兵衛の継母に、銀子二貫目の銭を渡して納得させたが、徳兵衛はお初がいるので、死んだ親父が生き返ってもいやだと言った。

叔父は女房の姪を嫌うか、それなれば七日の内に金を返して、大坂から出て行けと言うのである。

徳兵衛は金の工面をしようと京都の得意先に行くが、あいにく相手は金がないと言う。在所に行き、村の人の協力で何とか継母からお金を返してもらった。

「七日といふても明日のこと。とても渡す銀なれば早うもどして親方様の機嫌をも取らんせ」

とお初は言う。徳兵衛は
「おおさう思うて気がせくが。晦日の日にお前も知っている友達の九平次はどうしても金が要る三日の朝には返すというので貸したんや。それから三日、四日と連絡がない」

と、そこへ九平次が謡曲を歌いながら五人の町衆と一緒に現れる。

それを見つけた徳兵衛が金の返済を迫る。

「これ九平次・・・・今日埒開けよ」

「何のことぞ、徳兵衛」

「・・銀子二貫目、貸したる金、それを返せといふこと」

「気が違うたか徳兵衛、一銭借りた覚えもなし・・・」

「いふな九平次・・身共に証文書かせおぬしが押した判がある・・」

「なるほど判は俺が判・・・・だが二十五日に落としたものだ・・さてはそちが拾うて手形を書いたな・・俺をねだって金を取ろうとは大罪人、金になるならしてみよ」

「さてたくらんだり、一杯食うたか無念やな・・腕ずくで取ってやる」

喧嘩が始まります。

お初は徳兵衛のことを心配しつつも、お客に大事と駕籠に乗せて店に帰ります。

「いやまづ待ってくだんせうな悲しや」

徳兵衛は一人、相手は五人、踏むや叩くやらで髪もほどけて帯もとける。

「おのれ九平次め生かしておくものか・・このように踏み叩かれても・・正直の心を大坂中へ申し訳してみしょう」

と破れし編笠を被り悔し涙を流して帰っていった。


天満屋に帰ったお初は悲しくて泣いてばかりいた。朋輩は徳兵衛さんがたんとぶたれた、踏まれて死んだ、騙《かた》りを言うて縛られた、偽判してくくられた・・とろくなことは言わない。

「ああいや、もう言うて下んすな。聞けば聞くほど胸痛みわしから先に死にさうな。いっそ死んでのけたい」

と泣くばかり。

外はもう夜、見れば編笠の徳兵衛。お初は徳兵衛を打掛の内に隠し招き入れ縁の下に忍ばせる。

そこへまた九平次と悪友三人。

九平次は亭主に向かって

「お初の客の平野屋の徳兵衛めが、俺の落とした判で偽手形を作り銀子二貫口糧し取ろうとした、あんな奴はいずれ処刑されるやろ」

と言っている。徳兵衛は縁の下で聞いて悔しがるが、お初が足で止める。足を首のところで横に振る。

「徳様に離れて一時も生きていようか、この九平次の泥棒め、あほ口叩いて人が聞いても不審が立つ、どうで徳様一所に死ぬるもわしも一所に死ぬるぞやいの」

とお初は言う。九平次は散々悪口を言い、別の店に行ってしまう。

「今宵は早う終おう、お初も二階へ上がってもう寝や」

と亭主が言いければ、お初は
「そんなら、旦那様内儀様、もうお目にかかりますまい。さらばでござんす」

と別れを告げる。

夢もみじか夜の八つになるのは程もなし。

深夜、お初は段梯子を降りる二段目を踏み外し、ドスンと落ちる。弾みで行灯の灯が消える。亭主は何事かと目を覚ます。下女は慌てて火打ち箱を探している。お初は下の徳兵衛と手を取り合い門口へ行く。懸金を外す。下女が火打ちを打つ音に合わせて外に出る。

「ああ嬉し」と死に行く身を喜びし、火打ちの石の火の命の末こそ短けれ。

…………………………………………

幕間に休憩があった。客席を出るとホールがある。そこで食事やお茶を飲む。客は口々に感想を言い合っている。

「どう、じいちゃん」

「ん、まあな、なんや分からんな」

「せやな、分かりにくいな。けど泣いている人もいてるで」

「わいは浄瑠璃ゆうたら、〝ととさんの名は阿波の十郎兵衛と申します〟しか知らんのや」

「へえ、それなんなん」

「傾城阿波の鳴門や・・〝かかさんはお弓と申します〟・・ちゅうんや」

「へえ、じいちゃん凄いやんか、そんなん知ってんねんやん」

「ほうやで」

隣の着物の若い男女はものを言わずに見つめ合っている。思い詰めているような少し周りと違う雰囲気であった。

ブザーが鳴った。次の幕が始まる。黒子が「お初、徳兵衛道行夢のまた夢」と紹介する。

ベーンベーンと三味線が響き、太夫が続ける。

「このよのなごりよもなごりしにゆくみをたとふればあだしがはらのみちのしもひとあしづつにきえてゆくゆのゆめこそあわれなれあれかぞふればあかつきのななつのときがむつなりてのこるひとつがこんじょうのかねのひびきのききおさめじゃくめついらくとひびくなり」

…………………………………………………

お初と徳兵衛は蜆川の梅田堤の土手を曽根崎の森を目指して歩いて行く。

「いつまでも我とそなたは女夫星、かならず添う」と徳兵衛はすがり寄り。

「明けなばうしや天神の森でしなん」とお初の手を引く。

「・・・・神や仏にかけおきし現世の願を今ここで未来へ回向しのちの世もなほも一つの蓮ぞや」とお初。曽根崎の森にぞたどり着きにける・・。

ベンベン。

曽根崎の森には人魂が飛んでいる。

「・・・いさぎよう死ぬまいか世に類なき死に様の手本とならん」

「いかにも」

「帯は裂けてもぬし様とわしが間はよも裂けじ」

「よう締まったか」

とお初の体を松の木に縛る。

「おお締めました」

「ここは情けなき身の果てぞや」

「我幼少にてまことの父母に離れ、叔父といひ親方の苦労となりて人となり、恩も送らずこのままに亡き後までもとやかくと・・冥途にましますす父母には・・迎え給へ」

「・・・親たちへも兄弟たちへもこれから此の世の暇乞い・・なつかしの母様やなごり惜しい父様や」

「いつまでいうてもせんもなしはやく・・」

「さあ今ぞなむあみだだだだだだだ」。

苦しむ息も暁の知死期につれて絶え果てたり・・未来成仏疑ひなき恋の手本となりにけり。

……………………………………………

ベーンベーンと幕が引かれる。

「じいちゃん、すんだな」

「んん」

二人が席を立ち上がり帰ろうとすると、隣の若い男女の女性の方が泣き崩れて立ち上がろうとしない。男の方は声をかけずにただ手を握って女の気持ちが静まるのを待っている。客はほとんど帰ってしまった。もう一人六十才くらいの紳士がその様子をじっと見ていた。

「じいちゃん、俺、難波の得意先に寄ってから帰るわ。先に帰っといて」

「ほうか、晩飯はどないすんねん」

「食べる」

「ほな、お好み焼きでええか」

「うん」

「ほな先にいぬわ」

治彦は文楽劇場の入り口付近で煙草を吸い、待っていた。

着物の若い男女がゆっくりと出てきた。あとを見守るように紳士も出てきた。治彦は気付かれないように続けて煙草に火を点けた。二人は生玉神社の方へ歩いて行く。紳士も後を行く、治彦は少し間を置いて付いて行った。

あの二人どないしたんやろ、全然話せえへん。あの紳士はなんで後を付けてんねんやろと思い、急に後を付けたくなったのである。治彦はあの二人が今見た曽根崎心中のお初と徳兵衛に重なって見えた。何かを思い詰めているようだ。

四月の大阪は暖かい。生玉神社は都心でも上町台地の森の中にある。桜が見事に咲き誇っていた。

二人はお参りを済ませ、境内の中を確認するように歩いている。紳士もお参りを済ませたようだ。他にもお参りの人がいたので、治彦は気付かれないでいる。

治彦はいろいろと想像を巡らせた。この生玉神社でお初と徳兵衛は久しぶりに会う。お初は仕事でお客とお寺巡りをしていて十八番目の生玉神社に来る。徳兵衛も仕事で醤油を配達に来た。ここで徳兵衛は九平次らに殴る蹴るの暴力を受けるのである。あの二人は芝居に影響されてなにかを思いつめているのかな。

二人は「ここや」と指を差していた。何故か笑っているようにも見えた。紳士は二人を見ているような、桜を見ているような、ぼんやりしているような感じである。

二人はゆっくりと境内を一回りしている。紳士はそれを見ている。長閑な春の午後であった。

二人は生玉神社を出て谷町筋を北に歩いて行った。相変わらず紳士も付いて行く。治彦は心配は取れたが興味が湧いてきた。もう少し後を付けてみようと思った。

二人は空堀商店街の中のある店に入って行った。有限会社空堀広告と看板が出ていた。

紳士はそれをメモしていた。調査会社の人かな、治彦は中を見た。ちんどん屋であった。紳士はそれを見届けると谷町六丁目から地下鉄に乗った。治彦は付けた。紳士は千日前線に乗り換えてなんばで降りた。道頓堀のあるビルに入った。道頓堀芸能社とあった。調査会社ではないな、芸能関係やなと近鉄に乗り家に帰った。

和平がお好み焼きやら焼きそばを作ってくれた。和平は元はお好み焼き屋をしていたので、腕は一流である。

「じいちゃん、美味い」

「ほうか、お前はこれでおっきなったんや」

「わかってま、感謝してます、おおきに。美味いなあ、もう一枚」

「おう」

「じいちゃん、今日ゆうてた阿波の浄瑠璃はどんな話なん」

「おう、あれはな昔から徳島にある話や。傾城阿波の鳴門ちゅうねんけどな、大坂玉造に阿波十郎兵衛とお弓という夫婦が住んでいた。夫の留守に七才の女の子が家の前を通る。お弓は声を掛ける・・な」

「うん、ほんで」

「見れば可愛らしい子。して国は・・ベンベン・・阿波の徳島でございますぅ〜・・、なにっ徳島・・して名前は・・あーい、お鶴と申しますぅ〜ベンベン、ととさんの名は十郎兵衛、ははさんはお弓と申しますぅ〜ベンベンや」

「うん、それから」

「これが我が子やがな、お弓はビックリするわ。この夫婦は徳島藩の侍で殿様から密命を受けて名前を変えて刀の探索をしている。盗賊の仲間になっているんや。しゃあから、親とはゆえへんな」

「うん、うん」

「お弓はお鶴に訳を聞くわ。お鶴は祖母に父母に会いたいとゆうたらお前の親は大坂の玉造に居てる。西国巡礼をして玉造に行けばよいと言われたと言うんや」

「なるほど、それで会えたんやな」

「せや、けどこの後が悲しい結末や」

「どないなんねん」

「お弓は親とは名のれん。お鶴に小遣いをやって見送るが、やはりもう一度会いたくなり後を追いかけるベンベンや・・この後、十郎兵衛が偶然にこの子と出会う。我娘とは分からへん。金を出せと脅すとお鶴が騒ぐ。慌てて手で口を塞ぐと息がでけへん。そのまま死んでしまうんや」

「うわぁ、えげつないな、可哀そやな」

「ほんまや、あゝ、可哀そうや、ベンベンや」

「わかった、人形浄瑠璃はみな可哀そうになってるんや」

「そうゆうこっちゃ、はっはっは、もう一枚食うか」

「うん」

治彦は着物の若い男女や紳士のことを考えながら寝た。和平はすでに熟睡していた。

グウォー、グウォー。


治彦が勤めるＭＫ商事は大江橋の北詰にある。経済成長の先頭を行く総合商社である。この時期、商社はミサイルからラーメンまで扱うと言われた。治彦は入社した時はラーメン部門に配属されて、その販売に邁進した。大阪池田市にあるインスタントラーメン工場へ見学に行き、勉強した。

近畿地方一円のデパート、大型スーパーマーケットに販売網を広げて売上を上げた。

一年前

入社してから五年目（二十八才）のことである。食料販売部門の責任者の小林専務から呼び出しがあった。小林は五年前、人事部長として治彦の入社試験の三次面接テストを担当した。この時、小林は治彦の資質を見抜き採用内定を決定した。

役員室はＭＫビルの二十階にある。治彦は上がったことはない。エレベータを降りて大きなフロアに出た。壁は欅の木で高級感があった。見るからに高そうな絵画が掛けてある（澄んだ青空に雄大な山々、緑の木々と大きい池に山々が逆さまに映っている）。窓から大阪市庁、中之島公園、日銀大阪支店、遠く生駒山などが見えた。

秘書が出迎えてくれた。・・・・こちらです。治彦は緊張して役員室をノックした。

コンコン・・・・入りたまえ。


「失礼いたします。ラーメン部、赤間治彦です」

「赤間君、久しぶりだね。掛けたまえ」

「はい」

「インスタント食品の売り上げを好く伸ばしてくれているね。有り難う」

「はい、有り難うございます」

「君は入社試験のときのことを憶えているかね」

「はい、よく憶えております」

「そうか。あはっはっはっ、君の話は実におもしろかった。つい時間が過ぎてしまったなあ。それからな、今回の人事異動で君は係長になる。新しい君の係で水の販売を手がけてくれたまえ。役員会で決定したのだ。・・どうした?」

「いえ、いきなり急なお話で、びっくりしております」

「そうか、あははは。それで返事はどうなんだね」

「はっ、はい、有り難うございます。やらせていただきます」

「そうか、水の販売はわが社でも初めての取り組みや。正式の辞令は人事部から発表がある。しっかり頼むな。・・・・どうや、昼飯を一緒に食おうか」

「はい」


小林はインターホンのベルを押して・・「ああ・・君、うなぎ亭へ二名予約してくれ。これから行く」

プープー、・・「専務、予約出来ました」・・・・「有り難う・・」プッ。

二人は一階に降りた。ビルの一階は系列の銀行になっている、専務用の高級車が停まっていた。

「乗りたまえ」

「はい、失礼します」
・・・車は堂島浜通りを右へ・・橋を渡り朝日新聞大阪本社の前を通り中之島のうなぎ亭に着いた。
治彦は懐かしそうに見た。大学生のときにここでアルバイトをしていたのだ。玄関門から入って怒られたことを憶えている。

（・・・・アルバイトは横の路地から入れ・・・・はい、すみません・・・・）

今こうして高級車で乗り付け正面から入る。不思議な気持ちである。・・「いらっしゃいませ」・・仲居が出迎えて座敷部屋に案内してくれる・・支配人が挨拶に来る・・「いつもご贔屓有り難うございます」と名刺をくれる・・〝支配人　田中　浩〟と書いてある。

「専務、いつもご利用いただきまして有り難うございます。こちらの方も・・あっ赤間君」

「おっ、知り合いか？　君もここを利用しているんだね」

「いいえ、座敷は初めてです。実は学生時代にここでアルバイトをしていたのです。田中さんはそのとき総務係やったんです。・・お久しぶりです。その節はお世話になりました」

「いやぁ、赤間君、いえ赤間さんご立派になられました。専務、赤間さんはよう働く学生アルバイトでした。赤間さんが辞めた後は二人のアルバイトを雇うたのを憶えておりますわ・・今後ともよろしくお願い致します」

「そうか、アルバイト学生か苦労したんやな。そうか」

当時は学生を顎で使っていた田中もペコペコしている。治彦は偉そうにもしない。料理が運ばれてきた。蒲焼、肝吸い、鰻巻、茶わん蒸し、香の物、ご飯、・・これやこれやがなバイト中に見ただけの料理が今になって食べられる。有り難いな・・じいちゃんにも食べさせてやりたいな・・感慨に耽っていた。

あのときは当たり前に入った奥の厨房や鰻のさばき場、仕入れ材料の物置、事務室、休憩室が今はもう行けない。あのとき、一度も入れなかった客座敷にこうして居る。これが人生か・・・・。

「おい、どうした食べよう、・・・・学生時代を思い出してるんやな。あっはっはっはっ」

「はい、いただきます」
・・・うーん美味い。

食事が終わるとデザートが出た。

「面接のときに君が四国霊場八十八カ所を廻ったと言ったのが頭から離れなくてな、俺も定年したら廻ろうと思うとるんや。君の先祖との出遇いも真実味があったよ。君が出遇った先祖はどんな人かな」

「はい、平能登守教経です。肖像画も見ました。私とそっくりでした」

「平教経といえば、平家中でも荒武者で戦は強いな。君を採用してよかったな。わっはっはっはっ」

「いえ、私などとんでもございません」

二人は少し雑談をして店を出た。

「では赤間君、しっかり頼んだぞ」

「はい、頑張ります。ご馳走様でした」

それから一年の間、治彦の係は大阪や近畿一円の水事情の調査をしたり、水の採取地候補地の選定、成分の分析、容器の開発、販売ルートの確保、製造工場への委託契約交渉などを行っていた。水は今年の七月一日発売予定である。

治彦は大阪市の上水道の勉強から始めた。

大阪柴島の浄水場の見学に行った。明治時代に作られた煉瓦造りの重厚な建物に趣きがあった。淀川に生息する魚が水槽で展示されていた。水のろ過装置や塩素消毒の課程が模型で展示、説明されていた。綺麗になった水が水道管から多くの家庭に送られていく・・・大阪市も頑張ってるんや。

大阪の水は琵琶湖から来る。次の日、治彦は会社を出て淀屋橋から京阪電車に乗り、滋賀県大津まで行って琵琶湖の遊覧船に乗った。日本一大きい湖である。比良山系、伊吹山山系から多くの河川が流れ込んでいる。太古から多くの人々の生活水を供給してきた。湖岸には大津、近江八幡、彦根、長浜などの町が発展している。天下統一を目指した織田信長が居城を定めた安土もある。

治彦は琵琶湖を取り巻く山々や竹生島を眺めながら、大津港に戻った。

治彦は船を下り、琵琶湖の水の流れに沿って京都山科の疎水の流れの沿道を歩いた。南禅寺まで続いていた。明治に琵琶湖の水を京都に通すために煉瓦の疎水道やトンネル、橋を造る大工事であった。

次の日、京都府南部男山八幡宮にケーブルで登った。お参りをして展望台から川の流れを見たら桂川と宇治川と木津川が合流していた。ここから淀川になるんや。見事な眺めやな。

枚方で降り、河川敷まで行って淀の流れを見た。

資料館があったので入ってみた。昔は三十石舟が上り下りしていた様子や明治の新淀川の拡張工事の様子が写真展示してあった。たいへんな土木工事であったことが分かった。枚方パークの観覧車が見えた。

淀の川面をぼんやり眺めていると三十石舟が陽炎のように見えてきた。二十人ほどの客を乗せて川を下っていく。船頭さんが舟歌を唄っていた。
・・・・やれーここは何処なとな船頭衆に聞けばよ～ここは枚方なあ鍵屋浦よーやれさよいよいよぉー・・・・。
治彦は「ああーー」と伸びをした。さあ大阪に帰ろう。

治彦は大阪の河川の歴史と実態を調べようと思った。次の日、現在の地図と古絵図を購入して毛馬の水門へ行った。ここの堰で新淀川と大川に分かれていた。轟轟と凄い勢いで水が大川に流れ込んでいる。大阪市内に流れ込む水の量を調整しているのだ。桜の宮から大川の河川敷を歩いた落ち着いた並木道、市長官邸、美術館、オフィス高層ビル、高級ホテルが立ち並んでいる。

天満橋に来た。昔は八軒屋浜と言われ三十石舟の発着場である。

治彦はここでもぼんやり川面を眺めた。
・・さあ行くか・・。天神橋、難波橋、淀屋橋と川の流れを見て大江橋を渡り、会社に戻った。
大阪はほんまに橋が多いな・・。八百八橋とはよく言ったものだ。

次の日、治彦は古絵図を手に大江橋から西に歩いた。ここから北に蜆川《しじみ》が分かれていた。

蜆川は明治から大正期に埋め立てれられてもうない。蜆橋、曽根崎橋、桜橋、浄正橋など地名が残っている。蜆川の北に西成郡曽根崎村と表示してあった。

明治に新淀川が拡張されて大阪湾へ直接流れるようにした。毛馬の水門が造られて大阪市内への水の流入が調整された。

蜆川が埋め立てられたので島でなくなった堂島を通り肥後橋から南へ。ここから埋め立てられた西横堀川に沿って四つ橋筋を歩いた。西横堀川と長堀川が交差したところに四つの橋が架けられていた。これが四つ橋である。

〝涼しさに　四つ橋を四つ　渡けり〟と川柳が残っている。
古絵図では土佐堀、江戸堀、京町堀、立売《いたち》堀、阿波堀、長堀、道頓堀と東西の幹線運河が通っていた。江戸時代はたくさんの小舟が物資を乗せて大坂市中を往き来していたのだろう。まさに船場であった。治彦は水の調査報告をまとめた。

次の日から販売網の獲得と整備の仕事に就いた。

梅田ゾーン、難波ゾーン、阿倍野ゾーンの電鉄会社、デパート、大型スーパー、商店街に小売の販売網を作っていくのである。一年間で多くの店舗と販売契約書を交わした。係の部下たちも容器の開発、工場の選択、成分の委託先を決めていた。

週末の仕事を終えた。明日の休日は祖父と文楽を見に行く日である。

昭和五十九年四月大阪日本橋に国立文楽劇場が開設された。無料鑑賞券が協賛した企業や商店に配られた。ＭＫ商事にも何枚か送られてきて、治彦は社内の抽選会で当選して二枚の鑑賞券を得た。そして翌日、治彦と和平は文楽を初めて鑑賞したのだ（第五章の初めの場面）。


週明け企画会議。

ＭＫ商事販売部の水販売企画が一年間の準備を終えて、販売執行計画が役員、部課長参加で行われた。

議題
一、水の採取候補地・六甲山、比良山系、大山、北アルプス、富士山、石鎚山系。
採取許可はそれぞれ取得済み、場所の決定のみ。
一、成分の分析は大阪ＫＧ大学工学部に依頼。
一、容器は五百ＣＣと二Ｌ入りポリ容器に決定。
一、販売網は系列企業、電鉄各社、デパート、スーパ等ほぼ完了。
一、ポリ容器製造工場は南港の○○工場と契約済み。
一、水精製工場はＢ製薬工業と締結。
以上の議題を役員会で最終決裁をするのである。

議論の末、水の採取地は治彦の強い意見で石鎚山系の伊予西条市と決まった。役員会でも決裁された。

治彦は学生時代に祖父と四国霊場八十八カ所を巡礼した時に愛媛県西条市の水を飲んだ。その味が忘れられなくて強く押し切ったのである。

次の日、治彦は梅田の取引先に行き、会議の結果を伝えて最終の打ち合わせを済ませた。

お初天神商店街でカレーライスを食べた。仕事は一段落ついたなぁ。曽根崎心中を思い出した。お初天神へ行ってみよう。お初天神は商店街の突き当りにあった。

お初、徳兵衛の供養碑があった。文字が見難いが、元禄十五年十二月船場伏見町池田屋久兵衛建立と読める。

午後から時間がある。会社に戻らずに大江橋、淀屋橋と渡り地図を見て伏見町に来た。辺りはビル街である。ビルとビルに挟まれて池田屋酒店という古そうな店があった。酒、醤油、調味料などを販売していた。店の一階は今風に改造してあるが屋根や蔵や土塀を見るとかなり古そうな建物である。

店のガラス戸に文楽の講演ポスターが貼ってあった。治彦はじいちゃんに酒を買ってやろうと店に入った。

「はい、いらっしゃい」

「お酒、五合瓶のやつ下さい」

「灘がいいですか。伏見がいいですか」

「徳島のお酒で美味しいのんありますか」

「それやったら、阿波池田の三芳菊がよろしいわ」

「では、それにして下さい」

「はい。おおきに・・円です」

「ここは古いお店ですね」

「はい、私で十代目ですわ。創業は元禄時代ですねん」

「そうですか。あのう、変なこと尋ねますが、さっき曽根崎のお初天神に行って来たのです。そこのお初、徳兵衛の供養碑に船場伏見町池田屋久兵衛とありましたが、このお店と関係あるんでしょうか。あっ、私はこういう者です」

怪しまれてはいけないと思い、名刺を出した。〝MK商事販売部　赤間治彦〟店主は安心したようである。MK商事はヨーロッパから香辛料などを輸入している。池田屋ではこの香辛料をオフィス街のレストランや飲食店に販売していた。

「MK商事さんですか、うちもお世話になっております」

と名刺をくれた。

〝創業元禄年間・有限会社池田屋酒店・代表取締役・池田久雄〟とあった。

裏に文楽協会後援会とあった。ポスターの意味が分かった。

「そうでっか、お初天神に行って来はったんですか。あの供養碑はうちの先祖が建てたものですねん」

としんみり言った。

「そうですか。実は昨日新しく出来た国立文楽劇場で曽根崎心中を見まして、是非ともお初天神に行きたいと思いました。そこでお初、徳兵衛の供養碑を見たのです」

「文楽劇場へも行きなはったんでっか、それはおおきに。うちは後援会でしてな、私の店も一昨日行ったんですわ」

「そうですか。もしよければ供養碑を建てた経緯など、ご存じであれば聞かせてほしいのです。実は昨日私の席のとなりに着物姿の若い男女が座っていたのです。芝居が終わるとものも言わずに女性の方が泣いているのです。男性は慰めることもなく手を握っているのです」・・・・後を付けたことは言わなかった。

「えっ?」

久雄はえらいびっくりした。そして決心したように言った。

「赤間さんは時間あるんですか」

「はい」

久雄は店員に「お客さんなので奥にいる」と言っていろいろ指示をして、治彦を客間に通した。治彦は船場で約三百年続く池田屋の家の中に入った。空襲でも助かったということであった。

客間の床の間に掛け軸があった。中央に御殿、上に左右に山があるその上に仏様が雲に乗っている。下は川が流れている。渡し船がある。手前の岸に大勢の人がいる。右隅に小山があって細い道に人が歩いている。字が書いてあるが、もう読めなくなっていた。

「歴史のありそうな立派な家屋ですね」

「はい。この家は元禄時代に建てられたものに建て増しや改造をしたものです。大阪府の文化財に指定されています。もう取り壊しはできまへんのです。この客間は建築当時からそのままです」

「そうですか、それは値打ちがある。あの掛け軸も値打ちがありそうですね」

「あれは創業者の久兵衛が露天神社から譲り受けた〝天神戻り絵〟というものです。ちょっと待っといとくなはれや。折角やから、蔵へ行って元禄時代の記録を持ってきますわ」

治彦は絵を見ていた。『天神戻り絵』か。

第六章　裁きの結末

池田久雄は蔵から家に伝わる元禄時代の記録を持ってきた。

治彦は読んでみた。初代久兵衛は丁寧に記録をつけていた。

「記録によりますと、この池田屋さんは元禄元年（一六八八年）に池田屋久兵衛さんが創業したとありますね。たしかこの辺一帯は豊臣秀吉が大坂の町割りをしたときに商人を京都伏見から移住させてます。例えば安土町は安土から、平野町は平野から、淡路町は淡路からです。周防町、備後町、京町堀、江戸堀、土佐堀、阿波掘などもそうです。

ご先祖は京都の伏見の造り酒屋の分家が大坂に移住して来たとあります。

池田屋さんは創業時から酒、味噌、醤油、塩の小売をしたらしいです。あの有名な赤穂藩の塩も扱っていました。例えばここに〝赤穂藩に金子五十両支払う。元禄十三年十二月十日〟とあります。赤穂事件の前の年です。

醤油は内本町の平野屋から仕入れていたようです。節季払いで支払をしている記録があります。

久兵衛さんが時々書いていた日記のようなものもあります。

元禄四年八月一日、露天神社より〝天神戻り絵〟を百両で譲り受け候。

元禄十三年十二月十目、赤穂藩蔵屋敷五十両払い也。

元禄十三年十二月二十日、平野屋三十両払い也。

元禄十四年六月三十日赤穂藩家老大石内蔵助様に五十両支払い候。大石様、浅野家菩提寺谷町吉祥寺に浅野内匠守様の供養に出向く由。

この年の六月に赤穂藩は取り潰しになっています。赤穂藩大坂蔵屋敷は閉門になっていたので家老の大石内蔵助が半期早く直々に集金に来たようですね。

元禄十五年十二月十一日平野屋手代徳兵衛が相談の議あり。

同十二月十二日、曽根崎の天神の森にて心中あり。出向き候、徳兵衛、お初であり驚き候。法妙寺にて供養済、十両寄進也。

同、近松先生急な御用有り候。

同十二月十四日、近松先生急々の御用の向き有り候。

元禄十六年二月十日道頓堀竹本座・曽根崎心中。店一党見学候、大賑わい也。

同二月十一日、当家客間にて近松先生、竹本義太夫さん、辰松八郎兵衛さんら祝いの会催し候。

同、竹本座の後援会起こす。世話役になり候。・・・・とあります。

これらから久兵衛は実際の曽根崎心中に関わっていたと思われます。そしてその後に近松門左衛門と知り合い浄瑠璃にも関わり、後援したようです。

更に読んでいくと。

久兵衛さんは法妙寺でお初、徳兵衛の亡骸を白装束に着かえさせて頭陀袋に十二文入れてます三途の川の渡し賃が六文と万一地獄行となった時に六地蔵に一文づつ宴銭できるようにとの配慮ですね。そして千日前の火屋に運んで火葬して谷町の法妙寺にお墓を建てたのです。奉公人と同じように扱っていますね。ご先祖はご奇特なお方です」

……………………………………………………………

あの世

元禄十六年二月十一日の夜、不思議な夢を見候。

お初と徳兵衛はあの世の道を歩いておりました。

「徳様、やっと二人きりになれましたわね」

「ああ、こうして二人で旅をするのは初めてやな」

「はい、嬉しいことございます」

「これでいつまでも一緒にいられるな」


四十九日間歩いて三途の川の此岸の渡し場に着いた。

頭陀袋の中に十二文入っていた。久兵衛が入れてくれたのである。

船宿で六文を支払って待っていると、受付鬼が死人帳を付けに来ます。


「おい男の方、所と名前と年を言え。後で突合せをした時に死人帳と亡者の数が合わんと大変なことになる。閻魔の庁からえらい怒られるでな」

「はい。大坂内本町平野屋手代、徳兵衛と申します。二十五才です」

「おい、女の方は」

「はい。大坂堂島縦川新地天満屋遊女、初と申します。十九才です」

渡し場から船頭鬼が大きな声で「出あしますぞうー出あしますぞうー」と呼び出します。

二十人ほど乗りまして舟が向こう岸に向いて進みます。

船頭鬼が二人、太い腕で櫓を漕ぎます。やっうんとしょ、うんとしょ、亡者の一人が船べりから体を乗り出します。

「おいおい、体をへっこめんか。落ちたら生きるぞ。死人帳と合わへんかったら始末書を書かなあかんやろ」

「さあ着いた、彼岸の渡し場じゃ。降りた、降りた。向こうに見える御殿の方へ行くんじゃ」


「徳様、いろいろあって楽しいですわね」

「ホンマやな、あの世はおもしろいな」

「きれいな御殿ですこと」

「誰が住んでんねんやろな。あっ、また鬼さんがいてはるわ」

「そうですね。けど鬼さんも娑婆で聞いたほど恐くはないわね」

「そうやな」

進んで行くとまた受付があった。世話鬼が死人帳と突き合わせをしてそれぞれ夫婦御殿、男御殿、女御殿、子供御殿、心中者御殿、特別御殿などに分けられて暫く滞在するのである。

奥御殿は閻魔大王の住居。本御殿が裁きの間がある閻魔の庁である。亡者たちはここで裁きを受けて極楽行か地獄行か決められるのである。


お初と徳兵衛は心中者御殿に入れられた。

閻魔大王は毎日十人の裁きをしている。亡者は三年、七年、十年、十五年から三十年、ここで呼び出しを待つのである。

それまでは気楽な御殿暮らしである。

今日も閻魔の庁は忙しい朝からお裁きが始まる。夫婦御殿担当の世話鬼が呼び出しをする。


「大坂京町堀長屋、喜六、お松出ませい」

喜六とお松は閻魔大王の前に出ます。極楽側から阿弥陀如来と観音菩薩、地獄側から赤鬼、青鬼が陪審員として出ております。

「大坂京町堀長屋、喜六、お松、面を上げよ。その方たちの死因はなんじゃ」

「はい、大王様に申し上げます。わてら夫婦は仲よう晩飯を食べてたんすが、おかずの鯖が古うて食当たりで死にました」

「あんたが、安いからゆうてこうてきたんや。ホンマにえらい目にあうわ」

「これこれ、ここまで来て夫婦喧嘩をするやつがあるか。うん、あい分かった。極楽行とする。地獄側、なにか申し状があるか」

「大王様に申し上げます。よいお裁きかと存じまする」

「うむ、左様か。極楽側、この両名を受け入れるか」

「大王様に申し上げます。この両名を受け入れます」

「左様か、ならば以上じゃ。では次の亡者出ませい」

「喜六、お松、さあこちらへ。好かったなあ、わしについて来い。極楽へ行く手続をいたす」


この世とあの世は同時に出来た。

この世は原始時代から石器時代を経て文明が出来て法が出来た。

あの世は極楽、地獄の区別なく死んだ人が過ごしていた。

娑婆に文明と文字と法が出来て人間に罪の意識が出来た頃に、あの世もこれに合わせて地獄と極楽に分けたのである。この世に合わせてあの世側も受け入れ体制を整えたのである。

元禄からみて、ほぼ千五百年前にあの世では亡者の善悪を裁く制度が出来て仏や鬼たちによって初代閻魔大王が選出されたのである。

任期は千年とされた。したがって今の閻魔大王は二代目である。

閻魔大王は亡者を平等に裁くことを常とした。だから決して怖い人ではないのである。

地獄は設立当初は大変厳しい地域であったが、時代とともに悪の度合いに応じて段階が設けられた。

閻魔大王は亡者の死因や言い分をよく聞いた。但し殺人者は吟味の余地なく地獄行である。

只今の地獄は六道六地獄に分かれている。入口付近には少しでも罪を軽くしてもらおうと六地蔵が置かれている。

極悪地獄、平然地獄、謝罪地獄、反省地獄、後悔地獄、懺悔地獄である。

地蔵菩薩に願いが聞き入れられた場合は、行き先が一段階軽くなる場合がある。懺悔地獄は一年間神妙にしておれば再審の権利があり極楽に行ける可能性がある。

閻魔大王は亡者の言い分を聞いて行く先を決めるのである。

自然死、病死、事故死はそれまでに罪がなければ極楽行である。

殺人者以外は十分に吟味して、陪審員の意見もよく聴いたうえで行き先を決めた。

極楽は静か、長閑《のどか》、穏やか、身に危険なし、禍、難儀、心配なしの世界である。刺激は一切ない。悲しみも怒りもない。お盆の里帰りが許される。お彼岸の日は三途の川まで戻れるのである。

地獄は娑婆との縁を一切断ち切られる。娑婆に悪が蔓延らないためである。

亡者は呼び出しがあるまで宛がわれた御殿の部屋で何年と待つのである。

次は男御殿担当の世話鬼が死人帳を見て呼び出します。


「大坂京町堀長屋、油屋九平次出ませせい」

「京町堀長屋、九平次、面を上げよ。その方の死因は何じゃ」

「はい、突然長屋に入ってきた徳兵衛という男に殺されました」

「ほう殺された。原因はなんじゃ」

「原因は徳兵衛が私のことを逆恨みしたのです」

「なに、逆恨みとな。どのようなことを逆恨みされたのじゃ」

「それは、そのう、あのう、・・徳兵衛は私からお金を騙し取ろうとしたのです」

「それがどう逆恨みになるのじゃ」

「はい。徳兵衛は私の落とした判を拾い偽の証文を作って私から金を編し取ろうとしたのですが、私は借りた憶えはないと突っぱねたのです」

「なるほど、それで逆恨みを受けたのじゃな」

「そうでございます。なにとぞ極楽行きのほどお願いいたします」

「うむ、阿弥陀に観音、この者は極楽行きを望んでおるが、受け入れるか。これより陪審員の応答の時間といたすので、よく吟味せよ」

「はい、大王様。では九平次、お前は殺される直前に四人の友人と伊勢に旅をして豪遊しておるが、この金子はどうしたのじゃ」

「それは油を売って貯めた金でございます」

「お前が伊勢の古市で豪遊した金子は銀二貫目になる。五文、十文の油を売って飲み食いせずに貯めても貯まる額ではなかろう」

「それは、そのう、えーと、あ、その金は親方から借りたのです」

「ではその折に証文は書いたのか。返済の期日はいつにしたのか」

「証文は書きました。返済は節季毎の支払いでございます」

「お前は判を落としたと申したな。それがどうして証文の判を付けるのか」

「それは作り直したのでございます」

「では銀一貫目は一分銀で千枚。お前の商いは日銭で百文、月三千文、年一万二千文、銀で百二十分銀である。元手六十分銀と食い扶持三十分銀を差し引く残りと三十分銀、銀二貫目ならば六十七年かかる。そのような者にいくら親方といえども貸す訳がなかろう。お前は徳兵衛から金を騙し取ったのであろう。この場で嘘を申すと罪が重くなるぞ、どうじゃ九平次」

「うううんむっむん・・・・」

「大王様、この者は極楽で受け入れはできませぬ」

「左様か、では地獄側の応答時間とする。赤鬼、青鬼、吟味いたせ」

「はい、大王様。おい九平次、お前は徳兵衛の金を騙し取ったのか、正直に言え。さもなくば極悪地獄に行くことになるぞ」

「事の仔細を正直に申せば、二段階下げて謝罪地獄に行けるように大王様にお願いしてやる。どうじゃ」

「うううんあああーん、堪忍して下さい。私が悪うございました。遊ぶ金欲しさに徳兵衛から金を騙し取りました」

「そうか、それでどうして殺されたのか」

「長屋に突然、徳兵衛が来たのです。金はもうやる一言謝れと言ったのですが、私が何で謝らなあかんねんと掴み合いの喧嘩になり勢い余り土間に落ちたときに踏み石に頭をぶつけて死んだんです」

「なるほど、自業自得やな」

「大王様、以上です。お裁きをお願いします」

「油屋九平次、謝罪地獄行きとする。立ちませい」

次に子供御殿担当の世話鬼
「阿波鳴門郡、お鶴出ませい」
「あーい、お鶴と申しまーす」
「お鶴か、いくつにあいなる」
「あーい、七つでえーす」
「そうか、なぜ死んだのじゃ」

「あーい、ととさまにあやまって口を塞がれました」

「おーおー可哀そうにな・・・」

「あれ、大王様が泣いておられる」

「ほんまや、初めて見たな」

「お鶴、なにか望みがあるか」

「あーい、ととさま、かかさまに会いたいでえーす」

「おお、それでも父に会いたいか、名はなんと申す」

「十郎兵衛ともうしまあーす」

「緑鬼、十郎兵衛とやらは如何いたしておる」

「申し上げます。十郎兵衛は十年前から懺悔地獄にてお鶴の菩提を拝み続けております」

「そうか、それは神妙である。すぐ再審の手続をしてここ連れて参れ」

「ははっ」

緑鬼は懺悔地獄に行き十郎兵衛の再審手続きをいたします。

「お鶴、母の名はなんと申す」

「あーい、かかさんの名はお弓と申しまあーす」

「そうか、おい鬼ども、お鶴の母はどうしておる」

「申し上げます。お鶴の母は死にまして、女御殿で裁きを待っておりますが、予定表では七年後です」

「さようか、捜してここへ連れて参れ」


女御殿担当鬼が捜しに行きます。

えーと、女御殿の七年後は、いろはにほへと・・「と」の間、ここやな、

「おーい、女亡者の中にお弓と云う者がおるか」

「はい、うちでおます」

「お前か、娘がおるか」

「はい、けど死にました」

「うん、名はなんという」

「はい、お鶴といいます」

「うん、間違いないお前や。わしに付いて来い」

「はい・・」・・・・。

お弓は裁きの間に入ります。そこにお鶴がいます。

「お鶴ー」

「かかさまぁー」

涙の対面です。固く抱き合います。

そこへ緑鬼が十郎兵衛を連れて来ます。

「お弓ー、お鶴ー、すまん、すまんむむむん」

「お前様ぁー」

「ととさまぁー」


三人はともに抱き合います。それを見て閻魔も阿弥陀も観音も鬼どもも皆大泣きです。


「もう三人とも離れるでないぞ」

「はい」

「はい」

「あーい、ありがとうございましたあー」

三人は手を繋いで極楽へ旅立って行きました。

続いて心中者御殿担当鬼が呼び出します。

「えー、お初と徳兵衛出ませい」

「徳様、呼ばれましたわ。ここへ来てから三十年になるわね」

「そうか、いよいよ来たか。俺は人殺しで地獄行きや。お初は極楽、今日でお別れか。ここでの御殿暮らしはほんまに幸福やったで。一緒に死んでくれておおきに。ほな行こか」


二人は本御殿裁きの間に入って行きます。

「お初、徳兵衛、面を上げよ。心中者じゃな。双方名前、所、年、死因を述べよ」

「はい。大坂猪飼野村生まれ、内本町平野屋手代徳兵衛、二十五才。曽根崎天神にてお初と心中いたしました」

「丹波篠山生まれ、初と申します。大坂堂島蜆側新地天満屋の遊女です。十九才。曽根崎天神の森にて徳兵衛殿と心中いたしました」

「左様か。心中に及ぶとはよほどの事情があったと推察するが、自らの命を絶つとは親、先祖に対する大罪である。まず事情から聴こう。述べよ」

「はい、大王様に申し上げます。まず自ら命を絶ちましたことをお詫びいたします。原因は私にあり、お初に罪はありません。私は十三才から実の叔父の店、平野屋に奉公しておりました。叔父夫婦に子供がおりませんので、叔父は女将さんの姪を私の嫁にして店を継いでくれと言いました。しかし私には夫婦を約束したお初がおりますと、その話を断わったのです。すると叔父は私の母に渡したお金を返して店から出て行けと言いました。私は母からお金を受け取りましたが、友達の九平次という者にそのお金を貸したのです。しかし約束の期日に返してくれないどころか借りた憶えがないと言うのです。お金の工面は別のところで付けたのですが、どうしても九平次が許せなくて、家に行き口論になり過って殺してしまったのです。人を殺してはもう生きていけない。一人で死ぬとお初に言うと、自分も一緒に死ぬと言ってくれたのです。大王様、どうかお初に極楽往生をお願いします。私は地獄で罪を償いたい思います」

「うん、よく分かった。よく申した。お初、申したいことがあるか」

「はい、閻魔大王様。徳兵衛さんは何一つ悪いことはしておりませぬ。親方様に返すお金も友達が難儀をしていると思い騙されて貸したのです。悪いのは九平次です。人を殺してはお世話になった池田屋の旦那様に迷惑が掛かると死ぬ覚悟を決めたのです。うちは娑婆で添えぬならいっそあの世で添い遂げようと徳兵衛供さんと心中したのです。一時たりとも離れるのはいやでございます」

「うむうーん、なるほど。されば陪審員、応答せよ」

「はい、大王様。事情は分かりますが、人殺しの地獄行きは決まりとして曲げられません。徳兵衛は地獄行きかと思います」

「大王様、地獄でも懺悔地域道ならば一年間神妙にしておれば再審請求が可能です。さすれば罪が消えて極楽へ行けます」

「大王様、もっともな意見ですが、徳兵衛が殺したという九平次なる者は先程、大王様が裁かれた者で本人は喧嘩で土間に落ちて踏み石で頭を打ったと申しておりました。徳兵衛は〝金はやる一言謝れ〟と言ったものを、九平次が居直ったために喧嘩になったので正当防衛を適応して殺人罪免除をお願いいたします」

「大王様、お初はお客と大坂三十三観音巡りをしておりましたが、その心は常に徳兵衛と添うことを願っておりました。死ぬ理由がなかったものを夫婦にならんが為に心中したものです。何卒二人を極楽で過ごさせてやりたいと思います」

「うむうーん、なるほど双方ともっともな意見じゃ。さてどうするか・・半時休廷をする。その後に裁きを申し渡す」

休廷をしました閻魔は別間に書記鬼を呼びます。

「書記鬼、先代閻魔の判例の中に参考になるものはないかな」

「はい、調べてみます・・・・大王様、ありました」

「どのような裁きじゃ」

「はい、娑婆差し戻しという裁きです」

「娑婆差し戻しか、どのような内容じゃ」

「はい、延喜三年（九〇三年）の事です。菅原道真を娑婆差し戻しとするとあります」

「うむうーん、なるほど、左様か・・そうするか、よし再開せよ」

裁きが再開されます。

「裁きを申し渡す。お初、徳兵衛、娑婆差し戻しとする。人は生ある限り生き続けねばならぬ、よいか。幸せにな」

「はい」涙。

「はい」涙。

「お初、徳兵衛よかったな、こちらに参れ」・・うううんとうれし涙。

「世話鬼さんも、泣いてはりまんのでっか」

「うん、もらい泣きじゃ。お前らは、娑婆に戻されることになる。着いて参れ・・ささ、ここじゃ。三途の川の渡し場じゃ。覚えておるじゃろ。ここから亡者の迎え舟に乗って戻るんじゃ。ここに証文がある、失くすでないぞ。失くすと生き返れないぞ。それと娑婆に出たときの当座の一時金一両じゃ、持って行け」

見ると・・〝お初、徳兵衛、娑婆差し戻しとする。閻魔大王の印〟とあります。

「おおきに有り難うございます」


そこへ亡者を乗せた舟が着きます。


「さあ着いた。亡者ども、向こうの御殿に向いて歩いて行け」

「おーい、船頭鬼ご苦労さん」

「おうー、世話鬼どうした。えっ、娑婆差し戻し、珍しいのう、おっ、お前たちか、三十年ぶりじゃの。さあ、二人とも乗れ。向こう岸の亡者に見つかってはならぬゆえ、少し上流に着けるぞ」

舟はゆっくり進みます・・やっ、うんとしょ、うんとしょ、よいしょっ、よいしょっ・・。

「清い流れですこと。鬼さんこの川はどこから流れてくるのですか」

「この川は奥天空から流れてきて、雨と混じり娑婆に流れて行くのじゃ。・・着いたぞ、この前の山道が娑婆への戻り道じゃ。来たときと同じ四十九日目に娑婆の入り口に着く。そこがお前らの死んだところや。いきなり出るなよ、人がいたらびっくりするでな。暮れの鐘が鳴り終えるのを聞いて出るのじゃ。途中難儀があったら閻魔大王様の証文を見せるのやで。気イ付けて行け、もう心中したらあかんぞ」

「へえ、おおきに。何から何まで、ほんまにおおきに。世話鬼さんによろしゅうお伝え下さい。さあ、お初。行こう」

「へえ。ほな鬼さん、おおきに」

「おうよ。・・おお、そうじゃ。戻る年月を三十年戻しておかねばならぬわい。ああ、針が錆びておるわい」
・・・・と二人を見送ります。
戻る年月を合わす針が錆びており三十年前が約二百五十年後になってしまいます。山の入り口に石標があり〝娑婆戻り道〟となっております。二人は四十九日歩いて娑婆の入口に着きます。

暮れの鐘がゴーン、ゴーンと鳴り響きます。

あの世のなごり世のなごり、生き返るのをたとえれば、閻魔の庁を後にして、三途の川の逆戻り、思いもよらぬ元の場所、あれ数えれば夕暮れの、七つの時が六つ鳴りて、残る一つがあの世での鐘の響きの聞きおさめ、さあ生き返れと響くなり〜。

徳兵衛はお初の手を握り、

「お初行くで」

「はい、徳様」

「ええーい」

と外へ出ます。

そこで久兵衛は夢が覚めます。


元禄十六年二月十二日、不思議な夢見して、久太郎に話す。久太郎応えて「お父っつぁんが供養したから霊が礼に来た」と申す。

元禄十六年四月一日近松先生来る。赤穂藩についての取引を聞かれる。概要をお答え申す。夢の話を話すと近松先生、深く聞き入り候。

……………………………………………………………………

「・・ということが書かれています。しかしこれは凄い、大変貴重な記録です。ご先祖は夢の話を息子や近松に話してます。よほど気になったみたいですね、それにご先祖が見た夢は床の間の掛け軸の絵と全く同じですよ」

「えっ、気イ付きませんなんだわ。えーと、上から左右が極楽と地獄、真ん中に御殿、下に川があって渡し船がある。右隅に小山があって人が二人、戻っているようにみえますな。なるほどほんまでんなア、よう気イ付きはったわ」

「ご先祖は、この絵が頭にあって、そこに曽根崎心中をみて徳兵衛とお初が生き返ったらええのにと思って、夢を見たのではないでしょうか」

「そうですね。いやア〜まさにそうですわ、赤間さんは鋭いですわ。ええこと教えてもらいました。おおきに」

「それと、ご先祖はあの赤穂事件の大石内蔵助と会ってますね。そのことを近松門左衛門は盛んに取材してます。ここのところは見逃せませんね」

「そうですか、赤間さんは日本史がお詳しいですね。ところで赤間さんは文楽劇場で若い着物の男女を見られたということですが、この店に毎月十二日に醤油、塩、砂糖、お酒を買いに来る着物姿の若い夫婦がいるのです。もう一年ぐらいになりますかな、何か言いたい様子があるのですが何も言わないで買い物だけして帰るんです」

「そうですか（それでさっきびっくりしたんやな、ついて行ったことを言おうか、いややめておこう）。では十二日に寄せてもらいます。それまでご先祖の記録をお借りしたいのですが」（・・もう少しゆっくり読んでみたくなった）

「ああ、いいですよ」（・・・・ＭＫ商事の信用が効いた）

「有り難うございます。あっ、そうや。話は急に変わりますけど、うちの会社で七月から水を売り出すんですが、どう思われますか」

「えっ、水でっか？　ただの水でっかいな、うむうーん。どないですやろか、確かに大阪市の水は塩素臭いですけどな」

「これ、見本ですけど飲んでみてください」
・・五百CCボトルを出した。
「ゴクン・・うん、美味い、これは美味しい、どこの水ですか」

「愛媛県西条市に湧き出ている石鎚山系の水と大阪市の水をB製薬が濾過精製したものです」

「これでなんぼですかいな」

「三十円です、二L入りで百円です」

「水を買いますかいな。水道からなんぼでも出ますからな」

「そこを何とか売りたいのです」

「そうでんな、それやったらうちは角座と今度出来た文楽劇場に清涼飲料を卸してますので、置いてみますわ。できるだけ協力します」

「それは有り難うございます。よろしくお願いします。・・では来月十二日にこの記録はお返しにきます。若い夫婦にも会えるかもしれません」

「はい、分かりました」

治彦は池田屋を出て御堂筋を南に向いて歩き、平野町の御霊神社に来た。御霊神社は大坂三十三ヵ所観音巡りの三十三番目である。治彦はお参りした。お初はお客と大坂三十三観音巡りをしていた。心では徳兵衛と夫婦になることを願っていたであろう。

治彦は会社に戻り、池田久雄から借りた資料をコピーした。

家に帰ると和平がお好み焼きを焼いてくれた。

「じいちゃん、傾城阿波の鳴門やけどな、最後はどうなるねん」

「阿波の十郎兵衛は名前を銀十郎と変えて盗賊になっていて捕り方に追われているんや。過って殺してしまったお鶴が自分の娘と知ると、家に火を掛けてどこか逃げて行って終わりや」

「そうか、可哀そうな物語やけどな、三人は極楽で幸せに暮らしてるで」

「へえーほうか、お前の言うことに間違いはないわ。あはははっ」

「じいちゃん、お好み焼きもう一枚・・それとな次の休みに久しぶりに角座に行こか」

「ほうか、行くわぁ、落語も漫才もおもろいで、おっ、焼けたで。ほい」

「ご馳走さん、いつもながらじいちゃんのお好み焼きは美味いな」

「ほうか、ほな寝るわ」


ぐおーぐおー、和平はもう寝ていた。治彦は池田屋久兵衛の日記を読んだ。

お初、徳兵衛はほんまに差し戻しされたんやろか。いろいろ考えながらそのまま寝てしまった。


大阪梅田の曽根崎辺り、梅田の四月の夕暮れ。まだまだ一日は終わらない。周りのビジネス街は仕事をしている。商店街や食堂、飲み屋も賑やかである。

お初と徳兵衛が心中した頃の曽根崎は辺り一面の森であったが、現在の梅田は大都会大阪の北の繁華街である。

元禄の頃、この辺りは西成郡曽根崎村と呼ばれ、大坂市街地の北の端であり、大湿地帯であった。そこに新田を作るために大量の土を埋めたので、その田を埋田と呼んだ。その後に網敷天神社の梅の字を貰い、梅田としたのである。それが梅田の大発展に繫がったと思われる。

もう一つ露天《つゆのてん》神社と言われる天神さんがある。元禄十五年にお初と徳兵衛がここで心中したのである。現在、この辺りもお初天神商店街として賑わっている。

娑婆差戻し・蘇生

一年前の四月。

曽根崎露天神社の春の夕暮れ。宮司も巫女も仕事の片付けをしていた。宮司は父、巫女は娘である。

娘は社務所でお守りやお札を売ったり、お祈りや、祈祷、結婚式の受付をしていた。娘は社務所の窓から何気なく境内を見た。春の薄紫の夕暮れ、茂みの辺りに霧が立っていた。

おかしいわ、〝もや〟かしらと目を凝らす。

〝もや〟が晴れたと思うと人影が浮かび上がった。徐々に輪郭がはっきりしてきて着物姿の二人の男女が現れた。

「徳様、生き返ったみたいですわ」

「ほんまや。お初、生き返ったなあ。体も着物も元のままや」

「ブーブー、ワイワイ、ガヤガヤと騒がしいですわね。高い石の建物に蝋燭《ろうそく》でもない光が明るいですわ。空は暮れているのに、どうしたことでしょう。私たちが生き返ったから魔性のものでも出たのでしょうか」

「南蛮の絵図で見たような石の建物やな。光っているのは行灯《あんどん》でも灯篭《とうろう》でもないふしぎな光やな。あっ、お初。これ見てみ。〝お初、徳兵衛供養〟と書いた供養碑があるがな。元禄十五年十二月、船場伏見町池田屋久兵衛とある池田屋の旦那さんが建ててくれはったんやな。間違いない、ここは心中した場所や。けどこの供養碑、かなり古いな。様子がおかしいな」

お初と徳兵衛が不思議に思ったのも無理はない。あの世で閻魔大王から（娑婆差し戻し）の裁きを受けたのだが、どこでどう間違えたか二百五十年後の昭和に出て来てしまったのです。

「徳様、これからどうしましょう」

「うん、俺は船場伏見町の池田屋の旦さんにお金を借りたままや。とにかく池田屋の旦さんに会うて、訳を話して約束どおり働かせてもらうわ。お初も下働きでもさせてもうたらええ」

「へえ、そないさせていただきます」

誰にも見つからないように出たつもりが、神社の社務所で娘の巫女がこの様子を見ておりました、巫女はびっくりして・・・・。

「お父ちゃん、変な人がいてるで。気色悪うて神社の門を閉めに行かれへんわ」

「気色悪いいて、酔っ払いか、ホームレスか」

「ちゃうねん。どないいゆうてええんやろ、幽霊みたいに人が現れたんや」

「そんなあほなことあるかいな」

「うち、門よう閉めんわ、お父ちゃんどないしょ」

「よっしゃ、今ちょっと見に行くわ」

宮司は境内に出ると、若い男女が着物にちょん髷と日本髪の姿で体を寄せ合っている。

宮司は恐る恐る近づいて声をかけた。

「あのう、すんまへん。ぼちぼち門閉めまんねんけど、なにかお困りでっかいな」

「えっ、門を閉めまんのですか、ほなお初、行こか」

「へえ、徳様」

「えっ、お初、徳様て・・ちょっと待って下さい。お宅ら、誰ですねん。訳があんねんやったら聞かせて下さい。中へ入って下さい」


二人は神社の奥座敷に通されます。温かいお茶が出されます。二人は沈黙をしている。古い木綿の着物と小柄な体に鬢《びん》付け油の匂いが漂っている。

宮司は田舎芝居の役者が食うに困って来たのかと思った。思い余ってここで心中でもされたら、それこそ世間の注目になる。〝お初天神で昭和の曽根崎心中〟というような見出しになる、それはかなわん、とにかく事情を聞こうと宮司は招き入れたのである。

宮司は神に仕える身、人助けもせねばなるまい。

「私は神に仕える宮司です。何か困っているのであれば、お話を聞かせていただきたいと思います。手助けになることもあるかもしれません」

「・・・・」
・・戸惑っている。
「・・・・」

「徳様、ここは天神様、宮司さんを信じて話してはどうですか」

「そうやな。・・宮司さん、ここはほんまに曽根崎でおますかいな」

「そうです。曽根崎の露天神社ですが、今はお初天神という方が有名です。というのも今から二百五十年ほど前にここでお初、徳兵衛という人が心中したのです。それでお初天神と言われるようになりました。この二人は深く愛し合う仲でしたが、お金を騙し取られ追いつめられて心中したのです。それを近松門左衛門が浄瑠璃に書き上げ、道頓堀の竹本座で上演されたのです。これが大当たりになりまして、今日までお初人気が続いているのです」

「えっ、二百五十年前、今は元禄ではないのですか」

「これはおかしなこと言わはる。今は昭和五十八年ですよ」

「しょうわ、ですか・・・それはどういうことですか」

「あなた方は元禄何年をご存じなのですか」

「元禄十五年です」

「なるほど芝居か何かの稽古ですな。ちょっと待っとくなはれや。過去帳を見ますよってな、えーと元禄十五年は一七〇二年ですから今から二百八十一年前になりますな」
・・と話を合わせたつもりが、あっ、と驚いた。
「まさか、この年にここでお初、徳兵衛が心中してますな。あなた方はどこから来なはったんですか」

「私たちはどこからも来てまへん。もとから大坂におりますが」

「さっき、お初とか、徳様とか言うてはりましたな。お宅ら、いったいどういうお方ですか。もう少し詳しく聞かせてもらわれしませんやろか」

「徳様、このお方は親切なお方です。信じてくれるかどうかいっそ全部お話したらどうでおますかいな」

「せやな、お初の言う通りやな。宮司はん、私たちの申しますこと一通り聞いてもらえますか」

「宮司はん、わてらはほんまもんのお初、徳兵衛でおます。元禄十五年十二月十一日にこの場所で心中したのです。わてらはあの世で添うことができましたが、三十年の後に閻魔大王の裁きを受けました。

お初は極楽、わては地獄行きになりかけたときに、阿弥陀さんやお初がお参りしてくれた観音様がわてを弁護してくれたんです。それで閻魔大王が〝娑婆差し戻しにする〟とお裁きを下したんです。

ここに証文〝お初、徳兵衛、娑婆差し戻しとする。閻魔大王の印〟がおます。そして娑婆での当座の一次金として一両頂きました。これです。そして先程娑婆に出たのです」

宮司と巫女は茫然と聞いていた。嘘ではないと思うが、本当とも信じ難い。しかし証拠の証文と一両小判がある。

宮司は露天神社に伝わる菅原道真が生き返った話を思い出した。

宮司は過去帳を繰った。ここや。


無念の死を遂げた菅原道真は、その意志の強さから生き返り、大宰府天満宮からこの露天神社に帰ってきた。

そして、あの世からの戻り道を掛け軸に書いて奉納した。と書かれていたがその絵は現存していない。

「ちょっとすみません頭の髪の毛を触らせて下さい」

宮司は徳兵衛の月代の際の毛を一本つまんで引っ張ってみた。

「痛いッ」

本物のちょん髷であった。お初の方も本物だった。宮司と巫女はこの話を信じた。

「よく分かりました。私も露天神社の神に仕える身です。ゆうてみればあなた方はここの生神様も同然です。今日はここに泊って下さい。お腹も空いてますやろ、まずは晩飯や。娘、居酒屋の二階予約しといて。ほんで、お前はもう帰ってええで」

「お父ちゃん、私も同席させてえな。お初ちゃんと友達になりたいねん」

「そうか。ほな、一緒に行こ。徳兵衛さん、私の古着やけど着替えなはれ。着物、ほら脱いで。頭は帽子をかぶってと。娘、お初さんの着替え頼むわ」

「はい」


四人はお初天神商店街の居酒屋の二階の小部屋に入り、晩御飯を食べます。

徳兵衛とお初は美味しそうに食べます。

「おおきに、美味しおます」

「ほんまに美味しいですわ」

「それは良かった。それはそうと、あの世の話を詳しく聞かせてもらえませんか」

「はい、死にますと薄暗い所に出ます。向こうの方に光が一点あります。それを目指して行くのですが、そこまで四十九日かかります。そこを出ますと三途の川です。受付で六文銭を支払って船宿で待つのです、鬼が死人帳を付けに来ます。そして渡し舟に乗るのです。それから・・・・・・・・・・・・・・・・・・・・というわけです」

「なるほど、それで生き返りなされたのですか。ほんまに不思議な話ですね」

と、その晩はお初天神に泊ります。宮司は徳兵衛と娘はお初に夜通し話を聞きます。

宮司は一晩かけて時代が変わっていることや簡単な歴史を教えて納得させた。

翌朝・・・。


「徳兵衛さん、あなた方はうちの神社の生神様同然の人や。恭《うやうや》しく奉らなあかんとは思うが、うちも財政は厳しい。そこであなた方も働いてはどうかと思うのや。昨日聞いた船場の池田屋さんも今はあるかないかわからへん。そこでや、このお初天神商店街が広告を頼むちんどん屋が人を募集してるんや。私が口を利くので働いたらどうかと思うねん。もしもあなた方のことが世間に知れたら大変な騒動になる。どうや、徳兵衛さん」

「はい、宮司さんのおっしゃるとおりと思います。けど、ちんどん屋というのはどんなもんでおますかいな」

「徳兵衛さんは鬘《かつら》を付けて、いやそのままのちょんまげで鐘や太鼓をたたくんや。お初さんは三味線弾いてな、チンドンチンドンと商店街を歩いて宣伝するんや」

「いや、おもしろそうやわ。わて、やってみたいわ。どう？　徳様」

「せやな。お初がええねんやったら、わてもやらしてもらいますわ」

「そうか。ほな早速、電話するわ。・・・あー、もしもし空堀広告さんでっか・・これこれこういうことで・・はいはい・・ほなこれから・・・」

「宮司さん、あれは何ですか？　誰にものゆうてはりますのん・・・」

「ああ、これは電話とゆうてな、遠く離れた人と話ができる機械や」

「へえー、昭和は凄いとこでんな・・・・」

「ほな、徳兵衛さん、お初さん出かけましょうか。娘ぇー、谷町まで行ってくるわ」

「はあーい、お初ちゃん気ィ付けてな。困ったら電話してな」

「はい、巫女ちゃん。いろいろおおきに、・・・・」


宮司は徳兵衛とお初を連れて東梅田から地下鉄谷町線に乗り、谷町六丁目で降りまして空堀商店街の有限会社空堀広告に行きます。

道中二人は自動車や地下鉄に驚くばかりです。

二人は宮司の甥夫婦ということで露野徳男、初江として住み込みで採用されます。

仕事は着物姿で、お初の三味線に徳兵衛が鐘や太鼓をチンドンチンドンと叩いて調子を合わせて、商店街やスーパーマーケットの売り出しの宣伝をするものです。

二人はだんだんと慣れてきます。

「徳様、楽しいですわね」

「ほんまや」

今日もお初、徳兵衛は生野区の桃谷商店街を歩いてちんどん屋の仕事をしております。
チンドンチンドン、ベンベン、シャンシャン桃谷商店街の大売り出しですよー
いらっしゃい、いらっしゃい・・・。

「ただいまー」

「お帰り、二人ともよう働いてくれるなあ。ご苦労さん」

空堀広告の社長は二人を大切にしてくれます。


翌日は休日。


「お初」

「はい、徳様。なんですか」

「うん、この時代の大坂はえらい変わりようやな」

「そうでおますな」

「俺な、池田屋の旦那さんのことが気になってな。銀子二貫目借りたままやろ。船場の伏見町へ行かなあかんと思うてんねん。どやろ、まだあるやろか」

「そうでおますな、ちょっと行ってみましょか。ここからやったら松屋町、堺筋と西に行けば心斎橋に出ますがな」

「そうか、行ってくれるか。ほな行こう」


二人は大阪の街をぶらぶらと長堀通りを歩いて心斎橋から丼池筋、本町から御堂筋を北に平野町の御霊神社に来た。

元禄の頃は御霊神社は「ごりょうはん」と呼ばれ、船場商家の守り神であった。今は大阪のビジネス街の中にある。

「まあ、懐かしい。御霊神社やわ。わて、ここお参りしたことおますねん。拝んどこ、いつぞやはお世話になりました。おおきに」

二人は御霊神社にお参りして伏見町へ来た。

見違えるような船場の変わりようであったが、徳兵衛は配達をしていたので神社や道筋に微かな記憶があり、池田屋のあった場所はほぼ見当が付いた。

大きなビルとビルの間に〝有限会社池田屋酒店・創業元禄年間〟と看板がかかった店があった。

「あった、あったがな。ここやここやがな、残ってたがな。お初、ここや」

「ほんに、池田屋さんでおますな。徳様、おましたな」

と涙ぐむ。徳兵衛は体が震えた。手を合わせた。池田屋の旦さん、旦さん、おおきに・・・・。


「徳様、どうします、行ってみますか・・・・」

「・・・・どうしよう、誰がいてはるんやろな」

「池田屋酒店と看板が出てますし、創業元禄年間と書いてありますもの、ほら今もお酒、醤油、お米、味噌、塩なんか置いてあるようですわ。きっと子孫の方がやってはるに違いおませんわ。思い切って入ってみまひょいな。わてが買いもんしまっさかい」

「せやな、ほな入ろう」

「ご免下さい」

「はい、いらっしゃい。何いたしましょう」

「お醤油とお味噌ください」

「はい、おおきに、・・どうぞ」

「おいくらですか」

「はい、・・・・円です。おおきに、有り難うございました」


買い物をして外へ出た。


「徳様、どないでした」

「間違いないわ。あの店主、若旦那の久太郎はんに瓜二つや。池田屋の旦さんの子孫に違いない。事情ゆうて恩返しせなあかんな」

「そうですか、それはようございました」

「恩返しにこの一両小判を渡そうと思うねん。かめへんか」

「かめしまへん、そうしとくなはれ」

それから毎月十二日の心中した日（久兵衛が供養してくれた日）に買い物をして、一年ほど通ったが要件を切り出せずにいた。


昭和五十九年二月、空堀広告に日本橋商店街から仕事が来た。

日本橋で建設していた国立文楽劇場が完成してこけら落とし公演がある。その宣伝である。上演演目は曽根崎心中。無料招待券が二枚付いていた。

社長は二人に「よう働いてくれる、たまには芝居を見て来い」と招待券をくれた。

「まあ徳さん、これが神主さんがゆうてはったうちらのことを芝居にした曽根崎心中やんか」

「ほんまやな江戸時代から続く人気演目て書いてあるで」

「楽しみやわ、今日もチンドン頑張ろっと」

「よっしゃ、頑張ろっ」

二人の物語

昭和五十九年四月、大阪日本橋の小学校の跡地の国立文楽劇場が開設されます。

お初と徳兵衛は静かに目立たないように劇場に入った。昭和の生活も一年経って慣れてはきたが、大勢の人寄り場所は緊張する。座席番号を見て係の人が席を教えてくれた。自分自身の話を芝居で見るのである。二人とも期待と不安が入り混じっていた。隣りの席に青年とお年寄り（赤間治彦・和平）が座っていた。
ブブー、間もなく開演いたします。案内が流れる。定式幕が引かれて、木がチョーンと入る。
東西ー曽根崎心中ゥーあいつとめまするゥー、ベンベン、ベンベン
げにや安楽世界より、今此の娑婆に示現して、我らが為の観世音仰ぐも高し高き屋に、登りて民の賑はひを、契り置きてし難波津や・・・・ベンベン〜。
・・・・十八九なるかほよ花、今咲き出しの、はつ花に笠は着ずとも、召さずとも照る日も神も男神。・・・・・・・・・・・・・・未来成仏疑ひなき恋の手本となりにけりィ〜ベンベン。

幕が引かれて終了した。

芝居が済んだ後、お初は泣いていた。自分のことを思い出したのではない。今こうして生きていることに感謝の涙を流していたのである。

徳兵衛はどうしてよいか分からずにお初が泣きやむのを待っていた。

それを見ていたのが治彦と少し離れた席の紳士であった。

お初と徳兵衛は芝居で見た生玉神社にいき心中した頃のことを思い出していたのである。


「徳様、うちらの芝居悲しいおましたな。うちは徳様と死ぬことばかり考えてました。けどやっぱり死んだらあきまへんな。閻魔はんの言うとおりだす。こうして今生きていることに心から感謝します」

「ほんまな、俺は九平次を殺した。もう死ぬ以外に道はないと思い込んでいたな。今、こうして生きていける。有り難いことや」

「ほんに、そうでおますな。・・お参りしていきまひょか」
・・手を合わせ
「おおきに」

「おおきに、また明日からチンドン頑張ります」

お初と徳兵衛は歩いて空堀の自宅へ帰って行った。その後を紳士が付ける。その後を治彦が付けたのである。

第七章　元禄時代からの縁

近松門左衛門の子孫

治彦が見た老人は近松門司、五十九才である。

近松門左衛門から十代目の子孫であった。この家系は代々演芸に携わってきた。劇作家、演出家、役者、落語家などを輩出した。

大阪は演芸の町である。芝居、漫才、喜劇、落語など芸人や中座、角座、花月、浪花座、歌舞伎座などの劇場も集客を狙って競っている。

近松門司は道頓堀芸能社で漫才台本作家、劇作家、脚本家、演出家をしている。

近松は角座から花月や中座で人気の新喜劇をやりたいと、その脚本から演出まで依頼されていた。近松は曽根崎心中をやろうと考えていた。文楽でも歌舞伎でもない人情喜劇をやろうとしていたのである。

曽根崎心中を見終えた門司は偶然見かけた着物姿のお初に目を取られた。

ああっ、なんと。なんと、そっくりではないか。瓜二つではないか・・と劇場を出て後を付けた。自宅も確かめて、事務所に帰ったのである。

門司は先祖の近松門左衛門が残した浄瑠璃の下書きやメモ書きの内、近松記念館（尼崎塚口近松公園内）等で公表されていない記録を受け継いでいた。

元禄十五年十二月十二日、曽根崎心中のあった日に近松は現場に出向き二人の似顔絵や周りの情景を克明に描いていた。

門司はこの似顔絵を何百回と見ていた。今自分が考えている劇の主人公にはこのお初こそ相応しいと思っていた。何処かにいないものかと思っていた矢先に見つけたお初の姿であった。先祖の血が唸り声をあげた。「この女や～。近松の似顔絵にそっくりそのままやないか。目、鼻筋、耳も形、口元の黒子まで生き写しや。和服も似合っている。申し分ない」・・・・と後を付け空堀の家まで突き止めたのである。

事務所に帰った門司は近松の記録を見た。「うむむん、まさにお初やな。生まれ変わりや」と呟いた。

それ以来、門司はお初に会って、なんとか役者になることを勧めてみようと思っていた。

角座

治彦は和平を連れて角座に行った。演者は磨かれた芸を披露していた。

落語、漫才、浪曲、音楽ショウ・・・・。

和平は喜んで、「わっは、わっは」と笑っていた。

露の五郎・・
仮名手本忠臣蔵・・酒は飲んでも飲まいでも・・きっとつとめる武蔵守じゃ・・。
暁伸、ミスハワイ・・
何が~なんでもこのコンビ~ああーイヤー・・ねぐらに帰るダンプカー・・。
桂米之助・・
こねこ・・お前の足を洗うと田舎の馬を思い出す・・ねこ披ってたんや。
フラワーショウ・・
ようこそみなさまご機嫌よろしゅう歌って笑ってフラワーショウ・・。
桂春団治・・
親子茶屋・・お父っつぁんが大事か芸者が大事か・・せがれ博打はならんぞ。
かしまし娘・・

うちら陽気なかしまし娘。誰が言ったか知らないが女三人揃ったらかしましいとは愉快だねべリーグッグッ・・・・。
枝小文枝・・
三枚起請・・そんなに名残り惜しいなら起請書かぬがようござんす・・ゆっくり朝寝がしてみたい。
横山ホットブラザース・・
おまえはアホか・・お邪魔しました・・歌って笑ってホットブラザース。
笑福亭松鶴・・
天王寺詣り・・美味いの江戸寿司や・・ゴーン十万億土の引導鐘や・・くろー。
宮川左近ショウ・・
まいどー皆さまお馴染みのお聞き頂く一節は流れも清き宮川の水に漂う左近ショウ・・・・。

桂米朝・・

三十石・・出あしますぞーやっうんとしょ、やれー淀の街にも過ぎたるものはよーお城櫓と水車よーやれさよいよいよー・・。

いとし、こいし・・

君のところのサイがな・・だれがサイやねん・・君の嫁はんやがな・・辞めさしてもらうわ。

治彦は桂米朝の三十石に感激した。琵琶湖、大津、京都山科、南禅寺、枚方、毛馬、天満橋と自分で歩いて水の調査をしたことを思い出した。

枚方の資料館で見た三十石舟が淀川を行き来している情景を描き出してくれた。素晴らしい。完全に魅了された。

「じいちゃんおもろかったなあ」

「おもろかったわ、おおきに。治彦、わいな、あの桂米之助と友達やねん。あいつ昔、大阪市交通局にいてたんや」

「へえー。それやったら、ちょっと楽屋に行ってみよか」

「ほうか、楽屋か。びっくりしよるやろな」

事務所に行って知り合いで会いたいと申し出た。治彦は急ぎ祝儀を包んだ。

案内された・・。

「米之助師匠おー面会です」


「こんにちわ、赤間です」（・・やや緊張）

「ああ、赤間さんやおまへんかお久しぶりです。ささどうぞ」

「矢倉、久しぶりやな。昭和二十四年か、お前が交通局辞めて落語家になったんわ。あれから三十五年やな。立派になったな、おもしろかったで」

「そうでした、赤間さんには市バスの運転を教えもらいましたな。しかしよう来てくれはった、おおきに。お孫さんですか」

「はい、赤間治彦と言いますよろしくお願いします。これ御祝儀です。急でなにも出来ませんが」

「ああそれはおおきにおおきに。ええお孫さんでんな。赤間さん、いくつにならはりました」

「わいはもう八十四や」

「そうですかお元気ですな」

「せや、孫のお蔭や」

「お嬢さんの子でんな、確か町子はんでしたかいな。赤間さん、空襲で奥さん亡くしはったさかい苦労しておっきしてはったもんな」

「せやったな。それがな娘にええもん食わせんかってな、この子を残してな・・・・」

「さよか、それは辛おましたな、・・けど懐かしおますな・・・・」


そこへ・・（まいど池田屋酒店です、師匠、お酒持ってきました）

「あっ、池田屋さん」

「あっ、ＭＫ商事の・・あ赤間さん・・先日はどうも」

「いえ、こちらこそ有り難うございました」

「師匠、いつものやつです・・燗しましょうか」

「冷でもらうわ。赤間さん、高座の後これが楽しみでな。ちょっと一杯いきましょ。酒屋はん、ちょこあるやろ」

和平はお酒をよばれた。

「じいちゃん。この前飲んだ阿波池田の三芳菊な、ここで買うたんや」

「ほうか、それはおおきに。わいな、徳島の出やねん。酒屋はん、美味かったで」

「それは、おおきに。あれは大阪でも置いてるとこ少ないでっせ」

「赤間さんもう一杯・・」

「ああおおきに・・」

「それからな・・・・」

「ほんでな・・・・」
・・二人は思い出話を始めた。

「赤間さん、えらいとこで会いましたな」

「そうですね。祖父と演芸を見に来たんですが偶然、米之助さんが祖父の知り合いだったので楽屋にお邪魔していたのです」

「そうやったんですか。私は週に一回角座に清涼飲料を届けてますねん。あの師匠はこれが好きですねん。それから今日は支配人に水の話をしようと思てましたんや。そうや、一緒に支配人室に行きましょうか」

「そうですか、それではお願いします。今日、飲もうと思って水の見本を持って来たんですが、祖父はお酒の方がいいみたいです。これを支配人に飲んでもらいましょう」

コンコン・・
「毎度、池田屋酒店です」
「ああどうぞ」

「支配人、いつもお世話になっています。今日はお話があって来たんですが、たまたまお客さんでいらしたMK商事の赤間さんです」

「初めましてMK商事の赤間と申します。突然、すみません」

「そうですか、角座支配人の角田です。まあどうぞ、それでどういう要件ですかいな」

名刺を交換した。

治彦は勝負に出た。急に思い付いたことがあった。

「実は舞台の緞帳を寄贈させていただきたいのです」

「えっ、緞帳を・・」

「えっ?」
・・・・二人とも驚いた。
「ほんまですかいな」

「はい」
・・・・返事が力強い。(やっ、うんとしょいや)
治彦は今聞いた桂米朝の三十石に完全に魅入られていた。そしてその大きな芸に力を得た。

舞台が終わり下りてきた古い緞帳を見て、新しい物にしてやりたいと思いついた。頭に描いたその刺繍は大坂古絵図、運河と橋、道頓堀角座の櫓と三十石舟に乗る人形浄瑠璃のお初、徳兵衛である。協賛、寄贈ＭＫ商事・・ええなあ・・自分の係の予算が百万円ある・・二百万円ぐらいなら小林専務に頼めば何とかなる・・借りは売上で必ず返す・・。系列会社に織物会社があったはずや。よし、角座に緞帳を寄贈しようと決めた。いつもの頭の切れ味が働いた。


水の販売の交渉は池田久雄がしてくれた。見本の水を飲んだ支配人は十分納得した。角座の支配人は道頓堀商店街の会長をしていた。池田屋酒店を通して角座や道頓堀商店街で販売することが決まった。

そこへ道頓堀芸能社の近松門司が急に入って来た。・・コンコン。

「支配人、ほな、いにまっさあ。あっ、お客さんでっか、すんまへん」

「あっ、近松先生、ご苦労はんでした。もう漫才の打ち合わせは済んだんでっか？　お疲れさんでした」

（あっ、あの紳士や）

「赤間さん、池田屋さん、いろいろ有り難うございます。うちもこの厳しい大阪の演芸界を勝ち抜いていかなあきまへん。劇場も綺麗にしたいのですが、なかなか難しおます。内装だけでも改装しようと思てまんねん。その記念公演で角座新喜劇をやるのです。それで作家の近松先生に脚本と演出をお願いしてまんねん。緞帳はほんまに有り難いですわ。よろしくお願いします」

「そうでしたか。緞帳は必ず寄贈させて頂きます（あの紳士のこと、聞いてみよ）。ところで先程の方ですがどのような方ですか」

「あの先生ですか？　あの人、近松門司さんと言いまして大阪の漫才師の台本を今まで四百本近く書いてはります。実はあの人の先祖は近松門左衛門なんです」

「そうですか、曽根崎心中の近松門左衛門さんの（そうかそれで文楽劇場にいてたんか）。よく分かりました。では今日はこれで失礼します。水の販売の件、よろしくお願いいたします」

「はい、任せておいて下さい」

治彦は米之助の楽屋に戻った。和平と米之助はお互いの人生を懐かしそうに語り合ったみたいだ。

「ほなまた来ます」

「おおきに、また来とくなはれ」

角座をあとにした。

緞帳交渉

出社した治彦は役員秘書課に小林専務への面会を申し出た。課や係の資金を使う場合、十万円以上は部長、百万円以上は担当役員の許可が必要である。小林はすぐに応じてくれた。二十階フロアへ。

コンコン。

「赤間です、失礼します。専務、先日は会議での後押し有り難うございます。また本日、お忙しいところすみません」

「ああ赤間君、ご苦労さん。掛けたまえ」

「はい、失礼します」

・・・・秘書がコーヒーを持ってきてくれた。
「煙草吸うか？　この二年間、君はよくやってくれた。私は在任中このプロジェクトに懸けとる。もうすぐ定年や。最後の大仕事や。必ず成功させたい。成功すれば君を課長にする。私は戦後間もなくこの会社に入ってな、営業に走り回ってここまで来た。君の後押しは全面的にするつもりや。しかし君が石鎚山の水を推薦する意気込みは凄かったな。四国のことになると目の色が変わるな。さすがに昭和の平教経や。あはっはっはっは」

「いえ、そんな。はい、頑張ります」・・・・(どう切り出すか)

「私ばっかり喋ったな。何か用があったんやろ、遠慮すな思い切って言いなさい」

「はい。実は道頓堀の角座の舞台にＭＫ商事として緞帳を寄贈したいのです」

「緞帳をか・・君のアイデアは必ず根拠がある。ゆっくり聴こう、話しなさい」

「はい、有り難うございます・・・・」

・・・

大坂と大阪

大阪は水の都です。川、運河、橋、舟、を知らずして大阪を語れません。

この二年間の水の販売に向けた準備で大阪の水事情を調査致しました。滋賀県琵琶湖、京都山科、南禅寺、伏見、淀、枚方、毛馬、天満、大阪市内と淀川の流れに沿って歩きました。

大阪市内は現在と元禄時代の絵図を持って歩きました。毛馬の水門から大川となり桜の宮、天満で堂島川と土佐堀川に分かれます。堂島川は大江橋で蜆川と分かれ、土佐堀川は高麗橋から東横堀川、長堀川、道頓堀川、木津川、尻無川へ。肥後橋手前で西横堀川となり京町堀、阿波堀となって安治川へ行きます。淀川本流、蜆川、堂島川、土佐堀川も安治川に行き、摂津湾に注ぐのです。

元禄時代から明治時代まで淀川を三十石舟が何百も往復しておりました。京都伏見の寺田屋の浜を三十石舟が二十人ほど乗せて出発します。淀、枚方、守口、から大坂の天満の八軒屋浜に到着するのです。

現在、琵琶湖から淀川を流れてきた水は、大阪市柴島の浄水場で貯められて幾度もの濾過の工程を経て、水道管から家庭に行くのです。大坂市の浄水の技術は世界最高水準であります。

昔も今も大阪は水の世話になっているのです。

人間はより美味しい水を飲みたいと思う気持ちがあります。愛媛県の西条市で湧き出る水を飲んだとき、美味しいと思いました。

今は元禄時代のように横堀川で水を汲んで、そのまま飲むわけにはいきません。大阪市も頑張っています。今回の水の精製に当たり西条市の水を六、大阪市の水を四の割合で精製するようB製薬に頼みました。たいへん美味しい水が出来ました。

大阪全域に販売網も出来ました。

船場伏見町の池田酒屋さんにも協力いただいて大阪市の繁華街の劇場や映画館で水を売ってもらいます。

それがわが社のCMにもなります。

角座のお客さんが元禄時代の大坂を描いた緞帳を見て、MK商事寄贈とあれば必ず売り上げが伸びると思います。

私の係の予算が百万円余ります。このお金に専務の力で追加予算をいただき、何卒角座に緞帳を寄贈していただきたいのです。

角座の支配人にこの水を飲んでもらいました。劇場や道頓堀商店街で売ると確約を得ました。今度、新しく出来た文楽劇場でも販売する交渉を池田屋酒店がやってくれます。

昔の大坂は水を身近に生活してました。飲み水、行水、洗濯、交通、その姿をせめて緞帳に描いておきたいのです。

専務、必ず売り上げで追加予算分は取り返します。・・お願いします（頭を下げた）。

「うむうーん、なるほどな。君の調査報告は読んでいたが、こうして聞くとよく分かるな。さっきも言ったが、全面支援をするつもりや。よし分かった、やろう。その企画をプロジェクトに追加しよう」

小林は系列企業のＳＣ織物に電話をした。


「ああ本社の小林です。社長（岡田）いるかね」

「専務、岡田です。御無沙汰いたしております」

「ああご苦労さん。元気でやってるか・・そうか・・うんうん・・よっしゃ・・敷物、カーペット、カーテンが好調それはよかった・・ところで緞帳は・・やっている・・なるほど・・どれくらいで出来る・・無地で二、三百万、刺繍があれば柄にもよる・・うんうん・・四、五百万な・・なるほど八掛けでする・・そうか分かった・・今日は空いている・・うん・・三時どうや・・大丈夫か、来てくれるか・・では頼む・・よっしゃ待ってるわ」

治彦は恐縮した。

「専務、すみません。五百万円とは思いませんでした」

「心配するな、やると言ったらやる。任しとけ・・君、今日の予定は」

「はい、阿倍野のデパートに打ち合わせに行くつもりですが、まだアポイントは取ってません」

「そうか、三時にはＳＣの岡田社長が来る。そのときに緞帳の打ち合わせをしよう。午前中は久しぶりに営業に出るか」

小林はインターホンを押した・・プップッ・・

「ああちょっとアポを入れてくれるか・・難波Ｎ電鉄、Ｔデパート、Ｄデパート、Ｓデパート、Ｚ航空ホテルや・・車を出してくれ、返事は車の電話にしてくれ・・赤間君、付いて来たまえ。一緒に行こう。阿倍野は明日でええやろ」

「はっ、はい」

小林の気迫を感じた。専務用の社用車が御堂筋を難波を目指して走った。道々、電話が鳴った、「専務、全社アポ取りが出来ました、お待ちしてますとのことです」・・よし。

小林は難波ゾーンの主要企業の販売担当役員と会った・・全社とも、南の繁華街あっての我社です。喜んで六十万円ずつ協賛すると言ってくれた。

たちまちの内に三百万円の段取りが付いた。専務は凄い。レベルが違う。相談して良かった。

遅い目の昼食を中之島のうなぎ亭でとり、三時前に会社に戻った。

「専務、有り難うございました」

「いや、君の熱意に動かされただけだよ。あはっはっはっは」

SC織物の岡田が来た。

「岡田君、紹介しておく。係長の赤間君や。緞帳の予算は四百万円や。詳細は赤間君と打ち合わせしてくれたまえ」

治彦と岡田は名刺を交換して、すぐに角座に行った。支配人と三人で打ち合わせを始めた。
一、緞帳制作、ＳＣ織物、納入日六月三十日予定。
一、予算四百万円、ＭＫ商事百万円、Ｎ電鉄、Ｔ、Ｄ、Ｓ各デパート六十万円、Ｚ航空ホテル六十万円、協賛。
一、搬入費、設置工事費、旧緞帳廃棄費は角座負担。
一、図柄はＭＫ商事赤間係長案をＳＣ織物が校正する。
以上が決定された。治彦の水販売プロジェクトの準備は仕上がった。

五月十二日、治彦は会社を十時頃出て、池田屋酒店に行った。

「こんにちは」

「ああ、赤間さん、先日は有り難うございました」

「お借りしていたご先祖の記録です。貴重なものを有り難うございました」

「どうも、お役に立ちましたか」

「ええ、大変勉強になりました。歴史的価値があると思います。それから角座の緞帳製作が決まりましたよ」

「そうですか、それは良かったですわ。あのときはいきなりびっくりしました、赤間さんの情熱は迫力がありましたで、ほんまに」

「ところであの二人、今日来ますやろか」

「はい、この一年、毎月十二日に必ず来てます。来ると思います。赤間さん、客間で待っといとくなはれ。来たら呼びに行きます」


一方、近松門司は七月一日の角座新喜劇の公演に脚本と役者を間に合わさなければならない。今日こそはお初に要件を切り出そうと空堀の自宅を訪ねた。

急に二人が出てきた。何処へ行くのかと後を付けた。

地下鉄谷町線に乗って東梅田で降りて露天神社の社務所に入って行った。

お初天神か、ここで近松門左衛門は心中したお初、徳兵衛の姿を克明に書き写したんや。これも何かの縁やな、お参りをしておこう。しかしあの二人は何の用があるんやろうな。今日はどうしても会わなあかん、待っていよう。

お初と徳兵衛はチンドン屋の仕事は休みであった。曽根崎の露天神社にこれまでのお礼や池田屋久兵衛への恩返しのことで相談に行った。

「お初さん、徳兵衛さん、久しぶりやな元気そうでよかった。どうや、昭和に慣れましたかいな」

「はい、おおきに。もうすっかり慣れました。その節は、ほんまに有り難うございました」

「お初ちゃん、暫くやんか。元気やった？」

「はい、おおきに。元気に楽しくチンドンやってまっせ。昨日は粉浜の商店街に行ってましてん」

「そう、よかったわ。前より綺麗になったやん」

「おおきに」

「宮司はん、相談がおますのや」

「何ですかいな」

「実はわてが世話になった船場の池田屋の旦那さんの店が今も続いていたのです。今の店主さんは若旦那の久太郎さんに生き写しでおました」

「へえー、凄いやんか。なあ、お父ちゃん」

「うん、それは凄い。今も続いてましたか」

「はい、前にもお話しましたとおり、銀子二貫目を借りたままです。何とかこの小判一両を返したいのですが、どう話したらええかと思いまして」

「借りたお金を返したい。うむん、義理堅い話や。けど生き返ったと自分から言いにくい。うむん、なるほど」

「お父ちゃん、なに感心ばっかりしてんのん。どうすんのんな」

「そうですか、あなた方の供養碑を建ててくれた池田屋さんが続いてましたか。うむーん、それは凄い」

「何べんおんなじことゆうてんのん。やっぱりお父ちゃんがついていって経緯《いきさつ》をゆうしかないやんか、信じる信じないはそれからやん、なあ、お初ちゃん」

「へえ、そないおたの申します。宮司はん、徳さんに御恩返しをさせてあげて下さい」

「お父ちゃん、このお二人はうちの生き神さんやで」

「池田屋さんが続いていたとなると、出向かねばなりませんな、分かりました。私が行きましょう」

「そうと決まれば善は急げや、早い方がええわ。皆で今日行こうや。うちも行くさかい。どうせお守りもあんまり売れへんしな」

「よし、そないしょう。着替えるわ」

「すんまへん、お頼みします」

四人は出てきた。御堂筋を船場伏見町まで歩き出した。話しながら歩いているのでゆっくりとした歩みであった。門司は付いて行った（何処へ行くんやろ）。池田屋酒店の前まで来た（何っ、池田屋酒店、門左衛門がよく来ていたとこやないか、残っていたんや、いったいどういうことや）。

池田久雄は外を覗いていた（やっぱり来た）。治彦を呼びに行った（来ました）、（そうですか、来ましたか）治彦は店に出た（あっ、あの先生も来ている）。

四人は店に入った、門司も間髪入れずに入った。

治彦はとっさに誘い水の声を掛けた。

「角座でお会いした作家の近松先生やないですか」

「そうです。道頓堀芸能社の近松門司と言います」

治彦は門司もこの二人に用があるはずやと思っていた。


「はい、いらっしゃい」

「ご店主、突然ですが今日は買い物ではないのです。どうしても聞いていただきたいお話があって寄せてもらいました」

宮司は単刀直入に切り出した。

「そうですか、ここではなんですのでこちらにどうぞ。近松さんもどうぞ」

と皆を客間に通した。

全員それぞれ思惑があり緊張していた。治彦はよし自分が仕切ろうと決めた。久雄もそれを望んでいるように思えた。

客間に通った皆は掛け軸の絵を見て、それぞれに声を発した。

「あああっ、これや、こんなとこにあったんや」と宮司。

「ああああっ、この絵や、この絵やがな」と門司。

「ああ、ああ、この絵はそのままや、お初」と徳兵衛。

巫女も治彦も久雄も何事かと思った。治彦は口火を切った。

「皆さん、今日はそれぞれに用事があったかと思います。私はＭＫ商事の赤間治彦と申します。僭越《せんえつ》ですがこの場を仕切らせていただきます。お一人お一人には思うところをお話しいただきますのでよろしくお願いいたします。まず自己紹介をしてお話し下さい。では池田屋さんからお願いします」

「はい、私は当家の主で池田久雄と言います。当池田屋は創業が元禄年間で創業者は池田屋久兵衛という者です。私は久兵衛から数えて十代目になります。縁あってこの赤間さんに当家に伝わる記録を調べていただいています」

（ああやっぱり）と徳兵衛は心で思った。

続いて露天神社の宮司の露野天光が喋った。

「私は曽根崎の露天神社で宮司をしております露野天光と言います。これは巫女をしております娘です。池田屋さんとは元禄時代からご縁があり、お初、徳兵衛の供養碑を建てていただいております。私が話しますことは俄かに信じ難いことですが、本当のことです。ここにおります若い夫婦は元禄十五年十二月十二日に露天神社で心中したお初さんと徳兵衛さんです」

「ええっ」と治彦と久雄と門司は、驚いた。

宮司は続けた。

「皆さんがびっくりされるのも無理はございません。しかし本物のお初、徳兵衛なのです。露天神社には不思議な話が伝わっています。それは今から千年ほど前の延喜三年（九〇三年）に菅原道真公が大宰府天満宮で亡くなるのですが、信念の強さから生き返るのです。道真公は九州大宰府を出て露天神社に戻って来たのです。そこで自分があの世から戻って来たことを絵に描いて奉納したのです。その絵の在りかが分からなかったのですが、それがここにある掛け軸です。このように生き返るということがあるのです。但しこの両名はどこでどう間違えたのか昭和の大阪に戻って来たのです。ここにその証拠の閻魔大王の（娑婆差し戻しにする）との証文があります。閻魔大王の印も押してあります」

宮司は証文を示します。一同は目を凝らして見ます（ほう、ほう、へえこれが、なるほど）。

「・・そしてここにある一両小判は娑婆に戻ったときの当座の資金として閻魔大王から貰ったものです。後で徳兵衛さんも話すかもしれませんが、徳兵衛さんは友達に騙されて当時のお金、銀子二貫目を騙し取られました。困った徳兵衛さんはここの主の久兵衛さんに相談をしてお金を借りることができたのです。そしてその返済の条件は一年間無給金でこのお店で働くことでした。そのことをお初さんに伝えに行く途中に友達の家に寄ったのですが、言い争いになり過ってその友達を殺してしまったのです。殺人を犯した以上もうこの店では働けない。迷惑が掛かる。もう自分は死のうと決めてお初さんのもとへ行ったのですが、それなら一緒に死のう、死んであの世で夫婦になろうと心中した訳です。生き返った徳兵衛さんはどうしてもお金を返したいと、自分たちの月命日の十二日に毎月来たのですが要件を切り出せないまま一年が経ったのです。徳兵衛さんはこの一両を池田屋さんの子孫の方に返したいと私どもに付き添いを依頼したのです。

一年前にこの二人が生き返ったときはビックリしました。しかしお初、徳兵衛は私どもにとりまして生き神様です。奉ってお世話しなければならないのですが、何分財政難で私の甥として空堀の広告店に紹介して働いてもらったのです。大体そんな訳です。・・さあ徳兵衛さんも思い切って思いを言いなはれ・・」

促されて徳兵衛は思い切って喋った。

「はい、池田屋の若旦那様、久兵衛様には親切にしていただき本当に有り難うございました。遅くなりましたがお借りしたお金をお返しいたします。どうかお受け取り下さい。おおきに、有り難うございました」
・・泣きながら小判を差し出した。
久雄はどうしてよいか分からなかった。治彦を見た。治彦はそっと頷いて貰うように合図した。

「そうですか、よく分かりました。有り難く返していただきます。ほんまに義理堅いことです・・久兵衛も喜んでいると思います。おおきに。それで久兵衛はどんな人でしたか」

「はい、丁度この部屋でした。あの掛け軸もそのときのままです。ここで旦那様にご相談したのです。私は困り果ててほかに相談するところがありませんでした。ほんまに優しく親切なお方でした・・おおきに・・私はここで働きとうおました。それやのに・・すんまへん」
・・思い出して泣き崩れた。
「分かりました、徳兵衛さんまたゆっくり聞かせて下さい」

と慰めた。


お初も巫女も貰い泣きをしていた。治彦は門司に話しかけた。


「近松先生もお話しいただけますか」

「はい、よいお話をおおきに。今、お聞きして、私が思っていた以上に私自身は関わりが深いことに気付きました。というのは私は曽根崎心中を書いた近松門左衛門の十代目の子孫で近松門司と言います。今は道頓堀芸能社で劇作家をしております」

宮司、巫女、お初、徳兵衛らは驚きの表情であった。

「近松門左衛門の残した記録は尼崎の近松記念館で展示されてますが、私はほかにも記録を受け継いでおります。ここにその一部があります。近松が当家を訪れて久兵衛さんと話をしたことやこの掛け軸のことも書かれています」

と持参した記録を示した。

お初、徳兵衛が心中したときの状況を克明に書き写したものは見せなかった。お初が悲しむと思ったからである。

皆は「なるほどそうでしたか」と納得した。

「私は角座から新喜劇の脚本と演出を依頼されています。曽根崎心中をアレンジした新喜劇をやろうと思っております。主人公のお初の役者を探しておりました。先日文楽劇場でお初さんを見かけこの人やと決めたのです、どうか役者になっていただきたいのです」

お初は元来明るい陽気な性格である。ちんどん屋の仕事も気に入っている。門司の話を聞いてやりたくなったきた。

「あのう、私に役者がやれますやろか」

「はい、やれます。私が責任を持って演技指導しますよって。やっとくなはれ、お願いします」

「お初ちゃん、やりいな。応援するわ」

「ほなやろかな。なあ、徳様」

「うん。わいはお初がやるねんやったら、一緒にやるけど」


徐々に互いのことが分かり座がほぐれてきた。治彦は話した。

「皆さん、それぞれにお話を有り難うございます。今、この部屋は元禄時代です。本当によく集まっていただきました。ご先祖からの縁だと思います。

今、お話しいただきましたことは池田屋さんの家に伝わる記録によりますと、まず露野さんの『天神戻り絵』は元禄四年に百両で購入されています。それから徳兵衛さんは元禄十五年の当家初代久兵衛さんに、この部屋でお金の相談をされています。そして近松門左衛門さんは当家をよく訪れられています。近松さんのほか、竹本義太夫さん、人形遣いの辰末八郎兵衛さんも来られています。久兵衛さんは文楽後援会長をされて竹本座を支援されていたようです。近松さんには徳兵衛さんのことをよく話されていたようです。ある日、久兵衛さんはお初さんと徳兵衛さんが生き返る夢を見ております。その話も近松さんにされています。皆さんがお話しされたことは紛れもなく元禄時代にあった事実でございます」

この後、会話が弾み、池田屋酒店では急きょ店の品物を出して宴会になった。

「この絵はそういう絵やったんですか」

「うちら、この道を戻ったんやな」

「閻魔はんはどんな人ですかいな」

「閻魔はんも鬼さんも優しかったです」

「しかし、よう戻って来はりましたな」

「菅原道真はこの後に天神さんにならはんねんな」

「わて、ほんまに役者やれますやろか」

「大丈夫です、私が責任を持って指導します」

「そうですか、徳様やりましょうね」

「うん、お初がええねんやったら、わてはやるで」

「わあ、お初ちゃん楽しみや、頑張りや。きっと出来るわ、ちんどん屋さんもお初ちゃん楽しそうにやったもんな」

「久兵衛さんは立派なお方ですな」

「近松さんも素晴らしい。文楽は今も盛んです」

「落語もおもしろいでっせ」

「今度の文楽はワイワイ」

「次の角座の落語会はガヤガヤ」・・・・。

昭和五十九年五月十二日午後四時、池田屋酒店において元禄時代から縁のあった者が集まり、それぞれの思いが達成された。

充実した気運が漂っていた。

お初と徳兵衛は本当の事情を空堀広告の社長に話して仕事を辞めた。露天神社に住まいを定めて道頓堀芸能社所属の役者になった。そこから門司の元に通い、役者の稽古に励んだ。

門司は近松門左衛門の思いを胸に、渾身のシナリオを書き上げた。

二人に渋谷天内、浪花千江子と芸名を付けた。

治彦は七月一日の角座の公演を楽しみに仕事の仕上げに掛かった。

第八章　涙と笑いの人情芝居

七月一日、道頓堀角座、改装記念公演、角座新喜劇が開演された。

開演ブザーがブウーブウーと鳴り、案内アナウンスが流れる。

「お待たせいたしました。只今より角座新喜劇を開演いたします」

客席にはMK商事をはじめとして南繁華街の大手企業招待者を含め、満席であった。

お客にはMK商事の水が配られていた。

治彦と和平、露天神社の宮司と巫女の父娘、空堀広告の社長、池田屋酒店お店一党らの顔があった。

近松門司は舞台の袖にいた。

治彦は感慨無量であった。緞帳がゆっくり上がっていった。

新調された緞帳に元禄時代の大坂が描かれていた。

角座　新喜劇曽根崎心中・裁きの結末　近松門司　作

お初・・・露野初江改め浪花千江子
徳兵衛・・露野徳男改め渋谷天内

久兵衛・・Ａ
久太郎・・Ｂ
久三郎・・Ｃ
番頭・・・Ｄ
丁稚・・・Ｅ
閻魔大王、他・・・Ｆ、Ｇ、Ｈ、Ｉ、Ｊ

舞台は元禄時代の大坂、舞台で舞台をやっている設定である。

曽根崎心中・裁きの結末が始まります。

船場御霊神社の場

堂島の料亭天満屋の芸者お初と出入り商人内本町の醤油商平野屋の手代徳兵衛は恋仲です。
お初の年季奉公はあと一年、年季が明ければ二人は夫婦になる約束をしております。
今日は船場の御霊神社で夫婦約束のお参りをしております。

……………………………………………

徳様、暫くぶり。浮かん顔でおますなあ。なんぞおましたんかいな。

うん。それがな、困ったことがあってな。

徳様、ゆうとくなはれ。わてはどんなことにも驚きまへん。

あんなあ、店の旦那さんは俺の実の叔父や。女将さんの姪を嫁に貰えとゆうんや。

へえ。

俺はお初のことを話して断った。

へえ、へえ。

そしたら叔父はえらい剣幕で怒ったんや。もう俺のお母んに結納金は入れた。それを返して店から出て行けとゆうんや。

へえ、へえ、へえ。

俺は実家に帰りお母んからお金を返してもらい、店に戻る途中に友達の九平次に会うた。九平次は「親の難儀なことで金が要る。すぐに返すから融通してくれ」とゆう。それを信じて銀子二貫目を貸したんや。

へえ、へえ、へえ、へえ。・・・・お初の返事と仕草が面白いので客がくすくす笑う。

俺は九平次の所に何度も返済を迫りに行ったんやけど、ずっと留守やねん。返済の期日が来て困り果てて池田屋さんの旦那さんに相談したら、お金を貸してくれて俺を雇うてくれたんや。お初あと一年や待っといてや。

へえ、へえ、へえ、へえ、へえそれは嬉しいわ。・・・・クスクス、クスクス。

喜んでいる二人の前に九平次が現れます。

九平次は徳兵衛からお金を騙し取り、有馬温泉で豪遊した帰りに御霊神社に立ち寄ります。

あっ、九平次や。

もうほっときましょうな、徳様。

あかん、気が収まらん。一言謝ってもらう。おい、九平次。

呼ばれた九平次はびっくりしたが居直って。

なんや、徳兵衛やないか。お初も一緒か、羨ましいこっちゃ。

おい、貸した金返してもらおか。

なにゆうてんねん。前にもゆうたやろ、金なんか一銭も借りてへんで。

なに、お前は親の難儀やゆうから店の大事な金、銀子二貫目貸したやないか。証文もあるで判も突いてるやないか。

そんな証文は偽《にせ》もんや。判はとうに落としてないがな。お前こそ俺から金を騙し取ろうとしてるんとちゃうか。

なにイー、おのれ九平次。

なんや、やるか。

やめてー。


二人は喧嘩になります。九平次が殴り掛かる。徳兵衛は避ける。勢いの弾みで九平次はすべって頭を石でぶつけます。うううーん、意識が失くなります。


えらいこっちゃ、えらいことになった。人殺した。もう船場の池田屋さん行かれへん。お初、すまん俺は死んで詫びる以外に道はないわ。

いやです。うちはいっときも徳様と離れませぬ。徳様が死ぬんやったらうちも死にます。

九平次は自分から殴り掛かり、足を滑らして頭を石で打って死んだので徳兵衛は正当防衛であったのですが、生真面目な徳兵衛は死ぬ以外に道はないと早まったのでした。

お初、ほんまに一緒に死んでくれるんか。

へえ。うちはこの世でもあの世でも徳様と一緒であれば幸せでおます。


その夜、二人は曽根崎天神の森で心中いたします。

三味線と義太夫が入る、ベーン、ベーン。

「この世のなごり夜もなごり　死に行くことをたとふれば　あだしが原の道の霜　一足ずつに消えて行く　夢の夢こそ哀れなれ　あれ数えれば暁の　七つの時が六つ鳴りて残る一つが生の　鐘の響きの聞きおさめ　寂滅為楽と響くなり」・・・。

ほな、お初。

いざ徳様アー。

「恋の手本となりにけりィ〜」ベンベン、ベンベンベンベン・・・一旦緞帳が下がり、再度上がります。

船場池田屋の場

船場伏見町池田屋の若旦那、久三郎がこの芝居を見て店へ帰って来ます。


只今戻りました。

若旦那お帰りやす。どうでした久しぶりの芝居見物は。

ええ芝居やったで。

そうでおますか、よかったでんな。親旦さん待ってはりましたで。

お父っつぁん、只今戻りました。今日は芝居に行かせていただき、有り難うございました。

又、明日から精出して働かせていただきます。

お帰り、そうですかそれはよかった。どうじゃった、久しぶりの芝居見物は。何を見て来なさったのじゃ聞かせて下され。

はい、お父っつぁん。今日は曽根崎心中を見て参りました。

えっ、曽根崎心中を見なさったのか。

どうなさいました、えらいびっくりして。何か悪うございましたか。

そうではないですがな。実はな、久三郎。今から三十年前、私が十五才の頃のことです。この店に内本町の平野屋さんから醤油を配達してくる若者がおりました。その若者の名前が徳兵衛と言いました。

えっ？　ほな、曽根崎心中の徳兵衛さんは、この店に出入りしてたんですか。

そうです。徳兵衛さんは二十五才じゃった。今のお前さんと同い年じゃ。よう働くええ若者でした。女中の漬物石を持ってやったり、丁稚の水撒きを手伝ってやる。よう気の利く親切な人やった。私のことも、「ぼんぼん」ゆうてよう可愛がってくれました。

ある日のことでした。先代が、お前のお祖父さんじゃな、奥の客間で徳兵衛さんの話を聞いておりました。


舞台が廻り一瞬暗くなる。三十年前、池田屋客間。

するとと何かいな、徳兵衛さん。私にお金を貸してくれと言いなさるか。お前さん、よう気の利くええ若者やと思てます。女中や丁稚の手伝いもようして下さる親切なお方じゃ。貸さんでもないが、まずは事情を聞かせて下され。

はい、旦那様。私の申しますこと一通りお聞きなされて下さりませ。私の勤めます平野屋は叔父の店でございます。十三才から奉公しております。叔父夫婦には子供がおりません。私を養子にして、女将さんの姪を私の嫁に迎えて店を継がせようと決めております。私の母に結納金を渡して話をつけております。

それはええ話じゃないかいな。

はい。普通ならええ話でおますが、私には好いた女子がおります。


ほお〜どこの女子はんじゃな。

はい。堂島の料亭、天満屋に奉公しております。お初と申す者でございます。

なるほど、それで困っておりますのじゃな。

はい。それで叔父に女将さんの姪との結婚をお断りしたのです。叔父はえらく怒りまして、私の母に渡した結納金を七日以内に返せ、そして店から出て行けと申します。それで私は母の所に行きお金を返してもらいました。このお金を返して店を出て行こうと決めたのです。

それでどうなりました。

はい。お金を持ってお店へ向かう途中に、友達の九平次と会ったのです。九平次は、どうしても親の難儀で金が要る、三日の内に返すから、頼むと言われて、七日の期限に間に合うと思い、お金を貸したのです。

それからどうなりました。

九平次の家に行きお金の返済を迫りましたが、九平次は金など借りた覚えがないと私を罵りました。悔しくて仕方がありません。

叔父にお金を返す期限が明日に迫っております。私はほかに頼る所がございません。どうか、私にお金を貸していただきたくお願い申し上げます。

よく分かりました。お前さん、働き者の正直者じゃ。貸しましょう。

あっ、有り難うございます。

お金は貸しますが、どうして返しなさる。

どのようなことでもさせていただきます。

そうですか。では一年間給金無しでこの店で働いていただきますが、よろしいですかな。

旦那様そこまでしていただけますんですか。おおきに、有り難うございます。

あっはっは、かめへん、かめへん。お前さんは正直なお方じゃ。

舞台が戻る。

誰じゃな。そこに居なさるのは番頭さんに定吉やないか。まあこっちに入りなされ。

すんまへん。お茶持ってきたんだすけど、つい聞いてしもて。

定吉が遅おますので来てみますと今の話、私もつい聞いてしもて。

お父っつぁん、それからどうなりました。

それから先代は、自ら平野屋に行き徳兵衛さんの叔父に会い、徳兵衛さんの結納金を返します。そしてお初との仲を認めさせ、徳兵衛さんを自分の店に引き取ることを了解させたのです。


舞台は三十年前。


徳兵衛さん、話はつけて来ましたよ。これから精出して働いておくれ。

旦那様、何から何まで有り難うございます。恩にきます。一生懸命働かせていただきます。昼に御霊神社でお初と逢うのです。ちょっと出さしていただきとうおます。すべてを話して一年間待ってくれと申してきます。

そうしなされ、店に来るのは明日からでええ。今夜はお初さんとゆっくり話をしてきなされ。

旦那様、おおきに。


舞台が戻る。


次の日、待てど暮らせど徳兵衛さんは来ません。昼も過ぎた頃、曽根崎の森で心中があったと人伝いに船場に聞こえてきました。

先代は虫が知らせたのか、あわてて曽根崎へ行ってみますと、そこには徳兵衛さんとお初さんの変わり果てた姿じゃ。検死の役人に雇い主であることを告げて二人を引き取り太融寺さんで弔いをして、曽根崎の森に供養の碑を建ててやったのです。

そうでおましたんですか、しかし九平次というのは悪い奴でおますな。

そうじゃ。九平次は頭の打ちどころ悪くて死んだんじゃが、徳兵衛さんは早合点をして自分が人を殺してしまった、船場のこの店に迷惑がかかると思い死ぬ覚悟をしたのじゃな。するとお初は一緒にあの世に行きましょう、あの世で添い遂げましょうと、二人で覚悟を決めて曽根崎の森へ手に手を取って行ったという訳じゃ。三十年も前の話です。ぼんぼんの私も四十五才になりました。あっはっはっ、ささ話はおしまいじゃ。皆、晩御飯にしましょうぞ。

そうでおましたか、ええお話、有り難うございました。私もお父っつぁんやお祖父さんのようなええ商人《あきんど》になります。


舞台が暗くなり翌朝。


番頭さんお早うさん。

旦さん、お早うございます。お出かけでおますか。

はい、昨日あの話の後じゃ、先代の墓参りに太融寺に行って来ます。曽根崎の森へも行って徳兵衛さんお初さんの供養もしてきたいと思います。定吉を連れて行きますが、よろしいですかな。

それはええ思いつきでおます。定吉、旦さんのお供しなはれ。

へーい。旦さん、どちらへお出かけですか。

太融寺さんじゃ。先代のお墓参りに行きます。曽根崎の初天神へも行って、徳兵衛さんお初さんの供養もいたします。しっかり供を頼みますぞ。後で美味しいうどん食べさせてあげるでな。

へーい。あの～旦さん、わても曽根崎心中の芝居見とおます。次の芝居行きは曽根崎心中にしとくなはれ。

そうか。そうしましょうぞ、あっはっはっはっ。

曽根崎露天神社の場

船場から丼池筋を北へ、太融寺へとやってまいります。墓参りを済ませて曽根崎の露天神社へやってきます。先代が建てた供養碑も綺麗に掃除をして、うどん屋の二階座敷に上がります。

うどんを食べます。陽気もよく、お腹も膨れて、二人とも居眠りをしてしまいます。

あの世の場

暗くなって舞台が廻る。

三十年前に心中いたしました、お初、徳兵衛は、あの世の閻魔の庁におります。

閻魔の庁では閻魔大王が亡者たちの地獄、極楽行の裁きをしております。

毎日、三途の川を渡って来る亡者の事情を聴いて次々と裁いていきます。大王も長年やってますと邪魔くさくなって亡者たちに自分は極楽と思う者は極楽へ、地獄と思う者は地獄へ行けと勝手に決めさせております。

このようにしますと皆が極楽へ行きますので、極楽は過密状態です。住宅難、職業難で路上生活者、不労者で溢れ、犯罪多発でてんてこ舞いであります。

地獄の方は、来る者がおりませんから高齢化が進み、年金、医療、介護の制度が崩れて財政難、地獄債を発行して何とか持っている有様です。針の山、血の池は廃止、地獄祭りや地獄座の芝居、地獄歌謡大会など住みやすい地獄を宣伝して亡者を集めております。

閻魔の庁へ裁判員制度を採用するよう申し入れまして、赤鬼、青鬼を陪審員として出席させます。極楽側も阿弥陀さん、観音さんを出席させて公平な裁きをしようということで制度が整います。

困ったのは心中者です。あの世で一緒になろうと来たものを引き離す訳にもいかず、お裁きは後回しになります。ですから心中者は閻魔の庁、心中者の控えの間で何年も呼び出しを待っている有様です。

徳様、私たちもここへ来て三十年になるわね。

そうやな、随分長い間待っているな。わては九平次を殺しているので地獄行きは間違いない。初は極楽へ行くと離れなあかん。

俺はこのままでいてる方がええわ。

うちもそうでおます。うちは徳様と一緒で幸せでおます。


そこへ、世話鬼が、お初、徳兵衛、出ませいと呼び出されます。二人は閻魔大王の前に引き出されます。


両名の者、面を上げよ。書面によると、徳兵衛二十五才、うむ、えらい老けておるな。

えっ、心中、控えの間で三十年待っておった。あっそう、大坂内本町、平野屋奉公、働き者、親切、評判が良いか、曽根崎の森で死亡とある。

初、十九才（十九も三十年経つとこうなるか）大坂堂島蜆川新地、天満屋にて芸者奉公、陽気で世話好きか、曽根崎の森で徳兵衛と供に死亡すか。

特に問題はなかろう。二人とも極楽行きと思うが、赤鬼、何か申し状があるか。

大王様に申し上げます。徳兵衛は友人の九平次を殺しております、地獄行きかと存じます。

なるほど。では阿弥陀、申し状あるか。

大王様に申し上げます。徳兵衛は九平次を殺すつもりはなく、貸したお金はくれてやる、一言謝れと申したのを、九平次が居直ったため、喧嘩になりはずみで殺してしまったもので正当防衛と判断できます。極楽行きかと存じあげます。

うむ、なるほど。うむ～ん、困ったものじゃな。よし、それでは「娑婆差し戻し」とする。

ああ、これ両名の者。自らの命を絶つことは親、先祖に対する大罪じゃ。今度は死んではならんぞ。生ある限り生き続け幸せになるのじゃ。よいか。

はい。

はい。

お初、徳兵衛こちらへ。

へい。

娑婆差し戻しじゃ。せっかく来たのに残念じゃが戻ってもらう。三途の川まで送るによって、わしについて来い。さあさ、ここじゃお前たちも憶えがあろう。向こうから渡し舟が亡者を乗せてくる。あれに乗って帰るのじゃ。それからこの証文を持って行くのじゃ。

大王様の印が押してある。失くすでないぞ、失くすと生き返れないぞ。

さあ着いた。亡者の衆、降りた降りた。この道を向こうに見える閻魔の庁まで歩いて行くのじゃ。

おーい、船頭鬼よー。

おおー世話鬼か、どうした？　えっ、差し戻し。そうか分かった。ささこれに乗りなされ、帰りは無料じゃ。この前の娑婆差し戻しはもう八百年前になる。確か菅原道真やったな。

さあ出すぞ。やっうんとしょ、向こう岸には次の亡者が待っておるでな、少し上流に着ける、見つからんようにせえよ。さあ着いた、この山越一本道じゃ。下の道は行くなよ、一方通行じゃ。四十九日したら灯りが見えてくる。その出口を出た所がお前たちの死んだ場所じゃ。いきなり出るなよ向こうに人がいるとびっくりするからな。明け七つの鐘を聞き終えて、出るんじゃぞ。

途中、何かあったら大王様の証文を見せるのじゃ、よいか気を付けて行けよ。

はい、分かりました。おおきに、大王様によろしくお伝え下さい。
二人は手に手を取って山道を行きます。四十九日しますと灯りが見えます。「あの世のなごり世のなごり　生き返るのをたとふれば　閻魔の庁を後にして　三途の川の逆戻り　思いもよらぬ元の場所　あれ数えれば暮れ時の　七つの時が六つ鳴りて　残る一つがあの世での　鐘の響きの聞きおさめ　さあ生き返れと響くなり」ゴーン、ええいっ、
二人は外へ出ます。

露天神社の場

暗くなる。

徳さん元の場所でおます。曽根崎の森でおます。

そうやな生き返ったな、この松の下で心中したんやな。あれっ、ここに石碑がある。

お初、徳兵衛供養の碑、船場池田屋久兵衛と書いてあるがな。旦那様おおきに、すんまへん。

徳さん、これからどうするの。

船場の池田屋に行って旦さんにお詫びして、今からでも借りたお金の分働いて恩返ししようと思う。老いたとはいえ、未だこのとおり元気や。お前も下働きさせてもうたらええ。さあ行こ。

へえ、分かりました。そうさせていただきます。

船場池田屋の場

二人は船場へとやってまいります。池田屋の前に立ちまして。

お邪魔致します。旦那様はおいでなさいますか。

おいでやす、旦さんですか。ちょっと待っといとくなはれ。旦さん、お客さんです。

お客とは、どのようなお方じゃな。

老夫婦です。

さて、どのような用向きかいな。すぐ参りますで客間にお通しなされ。失礼のないようにな。

お待たせしました、どうぞこちらへ。旦さんすぐに参ります、失礼のないようにとのことです。

ウフッ、おもしろい丁稚さんね。

お待たせいたしました、主の久兵衛でございます。初めてのお方のようですが、今日はどのような御用でございますかな。

ぼんぼん、お懐かしゅうございます。御立派にならはりましたな。

ぼんぼん？　はて。

ぼんぼん、わてでおます。平野屋の手代の徳兵衛でおます。

えっ、平野屋の徳兵衛さん？　徳兵衛さんなら三十年前にお初さんと心中しましたで。先代も十分供養してあげましたがな。


はい、私たちの供養の碑は、先ほど見て参りました。有り難うございました。ここにおりますのが、お初でございます。

初めてお目にかかります。初と申します。先代様には一方ならぬお世話になりました。私たちはあの世へ旅立ちましたが、閻魔大王様の〝娑婆差し戻し〟の裁きを受けて生き返りました。ここに証文がおます。

えっ、〝娑婆差し戻し〟？　これが証文〝初、徳兵衛、娑婆差し戻しとする、閻魔大王の印〟なるほど、それで生き返りなされたか。

久太郎と定吉は夢から覚めます。

露天神社の場

うーん、うどん食べて居眠りしましたがな。定吉、起きなされ。

あっ、旦さんすんまへん。お腹いっぱいで居眠りをしてしまいました。

私もじゃ。しかし、おかしな夢を見たものじゃ。

わても見ました。わてが店の前を掃除してますと、老夫婦が旦さんを訪ねて来ましたんですわ。客間でお会いになりますと旦さんのことをぼんぼん言うてはりましたで。

何と、おまはんも見たんかいな。不思議な夢じゃったなあ。

船場池田屋の場

はい、只今。

旦さん、お帰りやす。旦さんがお出かけになってからお客様が見えられまして、どうしてもお会いしたいと申されますので、客間で待っていただいております。

お客様が？　してどのようなお方ですかな。

老夫婦の方でおます。古いなじみの方で、どうしても恩返しがしたいようなことを申されておりました。

お待たせいたしました、主の久兵衛でございます。あっ、貴方は徳兵衛さん。

そうでおます、徳兵衛でおます。ぼんぼん、お懐かしゅうございます。しかし三十年も前のわてをよう憶えていてくれはりましたな。

あっはっはっはっ、何をおっしゃいます。さっき夢で会うたとこですがな。

……………………………………………………

芝居が終わり、緞帳がゆっくりと下がります。

満場の拍手が響きわたります。お客は涙と笑いと人情の芝居に満足したようです。

緞帳が下がり終えると渋谷天内（徳兵衛）、難波千江子（お初）が舞台挨拶に出て来ます。

「皆様、本日はご来場、有り難うございました」

「有り難うございました」

「けどなんでんな、人間死んだらあきまへん」

「ほんまや、どないしんどうても辛ろうても生きて頑張らなあかん」

「そうやこれからも皆さん頑張りましょうな。ほんで日本中を笑いで一杯にしまひょうな」

「そうや、そないしょう。お客様、ほんまに今日はおおきに」

客席は割れんばかりの拍手が鳴り響いた。

この芝居はテレビ放送されていた。

一ヶ月間の公演が終了した。角座に一枚のはがきが届いた。

前略
私は自殺願望に悩んでおりました。この度テレビで角座新喜劇を見て自殺など考えずに力強く生きていく気になりました。有り難うございました。
草々

・・との内容だった。

近松門司が〝曽根崎心中・裁きの結末〟で言いたかったことは命を大切してほしいということであった。

門司は近松門左衛門のお墓に参った。門左衛門が好きだった煙草を添えた。

「門左衛門様、お蔭様で曽根崎心中・裁きの結末は大成功でした。有り難うございました」

お初と徳兵衛は下寺町を南に通天閣の方へ歩いていた。

「お初、どこへ行くんや」

「へえ、合邦辻《がっぽうがつじ》の閻魔大王はんにお礼を言いに行きまひょいな」

「せやな、そないしょう」

この二人はその後大阪を代表する喜劇役者となっていった。

ちなみにMK商事の水は順調に売り上げを伸ばしたことは言うまでもない。

あとがき

元禄時代の大坂は経済、文化、芸術、芸能あらゆる面で本当に素晴らしい時代であった。現在の大阪の基礎が築かれた時代であった。そんな頃に思いを馳せてみました。

本書は空想の物語で史実、事実に基づくものではございません。実在する地名、建物、施設等、及び実在した人物とは一切無関係です。御了承下さい。

参考資料

文献
『日本史図録』 山川出版社
『日本と世界の人名大事典』（谷山茂編） むさし書房

落語見学
サンケイホール 堺市民会館 繁昌亭 動楽亭

演目
三十石 天王寺詣り 天神山 皿屋敷 不動坊 高津の富 宿屋仇 三枚起請
らくだ 蔵丁稚 質屋芝居 質屋蔵 親子茶屋 七段目

筆者見学取材
国立文楽劇場（大阪日本橋） 人形浄瑠璃 曽根崎心中
大阪松竹座（道頓堀） 歌舞伎 仮名手本忠臣蔵
徳島県立阿波十郎兵衛屋敷 傾城阿波鳴門
坂田藤十郎墓標（四天王寺） 高津宮（高津神社） 生國魂神社 太融寺 露天神社
御霊神社 坐摩神社 南御堂 法善寺 中座 道頓堀角座 なんば花月

大阪府立上方演芸資料館（ワッハ上方）　落語みゅーじあむ（池田）　琵琶湖
山科疏水路　南禅寺疎水路　寺田屋浜三十石舟（伏見）　石清水八幡宮
淀川河川敷（枚方）　枚方宿鍵屋資料館　毛馬水門、八軒家浜跡（天満橋）
安治川水門　伊賀上野城　伊賀流忍者博物館（忍者屋敷）　近松記念館（尼崎）
近松門左衛門墓標（谷町法妙寺跡）　浅野家菩提寺（谷町吉祥寺）
竹本義太夫墓標（超願寺）　竹田出雲墓標（青蓮寺）　合邦辻閻魔堂

愛川　知徳（あいかわ　とものり）
昭和 30 年　大阪市生まれ
徳島県美馬郡在住
著書『四国霊場八十八カ所・巡礼同行二人』

曽根崎心中・裁きの結末

2015 年 1 月 25 日　第 1 刷発行
著　者　愛川知徳
発行人　大杉　剛
発行所　株式会社 風詠社
〒 553-0001　大阪市福島区海老江 5-2-7
ニュー野田阪神ビル 4 階
TEL 06（6136）8657　http://fueisha.com/
発売元　株式会社 星雲社
〒 112-0012 東京都文京区大塚 3-21-10
TEL 03（3947）1021
印刷・製本　シナノ印刷株式会社

ISBN978-4-434-19690-4 C0093